文春文庫

白《はつ》鶴《かく》ノ紅《くれない》

居眠り磐音（四十八）決定版

佐伯泰英

文藝春秋

目次

「居眠り磐音」

主な登場人物

坂崎磐音《さかざきいわね》
元豊後関前藩士の浪人。直心影流の達人。師である養父・佐々木玲圓の死後、江戸郊外の小梅村に尚武館坂崎道場を再興した。

おこん
磐音の妻。磐音が暮らした長屋の大家・金兵衛の娘。今津屋の奥向き女中だった。磐音の嫡男・空也《くうや》と娘の睦月《むつき》を生す。

今津屋吉右衛門《いまづやきちえもん》
両国西広小路の両替商の主人。お佐紀《さき》と再婚、一太郎らが生まれた。

由蔵《よしぞう》
今津屋の老分番頭。

佐々木玲圓《ささきれいえん》
磐音の義父。内儀のおえいとともに自裁。

速水左近《はやみさこん》
幕府奏者番。佐々木玲圓の剣友。おこんの養父。長男・杢之助《もくのすけ》、次男・右近《うこん》。

松平辰平《まつだいらたつぺい》
尚武館道場の元住み込み門弟。福岡藩に仕官。妻はお杏《きょう》。

重富利次郎《しげとみとしじろう》
尚武館道場の元住み込み門弟。霧子を娶る。関前藩の剣術指南方。

霧《きり》子《こ》　雑賀衆の女忍び。尚武館道場に身を寄せ、磐音を助けた。

弥《や》助《すけ》　磐音に仕える密偵。元公儀御庭番衆。

小《お》田《だ》平《へい》助《すけ》　槍折れの達人。尚武館道場の客分として長屋に住む。

品《しな》川《がわ》柳次《りゅうじ》郎《ろう》　北割下水の拝領屋敷に住む貧乏御家人。母は幾代《いくよ》。お有《ゆう》を妻に迎えた。

竹《たけ》村《むら》武《ぶ》左《ざ》衛《え》門《もん》　陸奥磐城平藩下屋敷の門番。妻は勢津《せつ》。早苗など四人の子がいる。

桂川《かつらがわ》甫《ほ》周国《しゅうくに》瑞《あきら》　幕府御典医。将軍の脈を診る桂川家の四代目。妻は桜子。

北《きた》尾《お》重《しげ》政《まさ》　絵師。版元の蔦屋重三郎《つたやじゅうざぶろう》と組み、白鶴を描いて評判に。

徳《とく》川《がわ》家《いえ》基《もと》　将軍家の世嗣。西の丸の主。十八歳で死去。

小《こ》林《ばやし》奈《な》緒《お》　磐音の幼馴染みで元許婚《いいなずけ》だったが、吉原で花魁《おいらん》・白鶴《はつかく》となる。山形の紅花商人に落籍されたが、夫の死後、三人の子と江戸へ。

坂《さか》崎《ざき》正《まさ》睦《よし》　磐音の実父。豊後関前藩の藩主福坂実高《ふくさかさねたか》のもと、国家老を務める。

田《た》沼《ぬま》意《おき》次《つぐ》　幕府老中。嫡男・意知《おきとも》は若年寄を務めた。

#『居眠り磐音』江戸地図

新吉原
尚武館坂崎道場
山谷堀
東叡山 寛永寺
竹屋ノ渡し
向島
浅草
待乳山
聖天社
三囲稲荷
忍ケ岡
上野
下谷車坂町
不忍池
浅草寺
花川戸町
今戸橋
常泉寺
小梅村
田原町
新堀川
下谷広小路
新寺町通り
源森川
吾妻橋
安藤家
下屋敷
業平橋
御厩河岸ノ渡し
品川家
十間川
首尾の松
北割下水
今津屋
本所
吉岡町
法恩寺橋
和泉橋
天神橋
新シ橋
石原橋
柳原土手
浅草御門
両国橋
南割下水
入江町
横川
金的銀的
小伝馬町
回向院
松井橋
竪川
薬研堀
浮世小路
大川
六間堀
鰻処宮戸川
若狭屋
魚河岸
猿子橋
新高橋
鎧河岸
日本橋川
新大橋
小名木川
日本橋
万年橋
霊巌寺
鎧ノ渡し
深川
砂村新田
永久橋
堀川
亀島橋
佐賀町
金兵衛長屋
霊岸島
八丁堀
仙台堀
永代橋
永代寺
鉄砲洲
富岡八幡宮
越中島
堺橋
佃島

護国寺
面影橋
中山道
日光御成街道
小石川
伝通院
本郷
下谷茅町
石切橋
牛込
豊後関前藩上屋敷
湯島天神
水道橋
神田川
牛込御門
稲荷小路
表猿楽町
神田明神
元尚武館佐々木道場
駿河台
昌平橋
筋違橋御門
田安御門
神保小路
市谷八幡宮
九段坂
俎橋
雉子橋
内藤新宿
四谷大木戸
市谷御門
一橋御門
千鳥ヶ淵
鎌倉河岸
善国寺谷通
麹町
四谷
江戸城
神田橋
四谷御門
本丸
大手御門
半蔵御門
道灌堀
西の丸
一石橋
紀尾井坂
平川天満宮
和田倉御門
呉服町
赤坂御門
馬場先御門
鍛冶橋御門
南町奉行所
京橋
数寄屋橋御門
三十間堀川
溜池
清小谷
氷川明神
木挽橋
原宿
愛宕権現
芝口橋
木挽町
長谷寺
増上寺
宝泉寺
芝
赤羽橋
麻布広尾町
麻布村

白鶴ノ紅

居眠り磐音（四十八）決定版

第一章　輝信の迷い

一

天明《てんめい》六年（一七八六）五月以来、関八州《かんはっしゅう》は長雨にたたられていた。断続的に降り続く雨を大地はたっぷりと含み、人々の心を鬱々《うつうつ》とさせていた。江戸のどこの裏長屋からも、

「ああ、職人殺すにゃ刃物は要《い》らぬ、雨の三日も降ればよい、と言うがよ、もう三月《みつき》もよ、まともに道具箱担いで仕事に出てねえぜ」

と嘆きの声が洩《も》れ、

「あんた、米櫃《こめびつ》がかさこそと寂しげな音を立ててるよ。どうするんだい、一家で飢え死にかえ」

と女房が訴える言葉が聞こえてくる。

そんな会話が江戸じゅうでなされていた。

小梅村でも、小田平助《おだへいすけ》と季助《きすけ》が船着場から隅田川の水位を確かめるのが日課になっていた。江戸で雨が降らなくとも、隅田川の上流、荒川の水源がある秩父一帯で雨が降れば、たちまち隅田川は増水した。

その日の夕刻前、珍しく雨が上がり、川の流れは滔々《とうとう》としながらも、どこか穏やかな様子が感じられた。

「小田様、雨は上がったとみていいかね」

「こげん長く降る雨をくさ、わしは知らんたい。ようもお天道様《てんとさま》の天水桶《てんすいおけ》が涸《か》れんもんたいね」

「お天道様は天水桶を持ってござるかね」

「物の譬《たと》えたい。雨が降る道理は知らんばってん、そげんでも考えんとくさ、小田平助には分からんと」

「おお、西の空に夕焼けが見えるぞ。御城の向こうの空がうっすらとした茜色《あかねいろ》に染まってきた。こりゃ、気候の変わり目の証《あかし》ばい」

季助が平助の西国訛《なま》りを真似《まね》て応じた。

その気配を感じたか、長屋に引き籠っていた門弟衆が二人のかたわらに姿を見せた。白山《はくさん》も門弟の中に混じっている。

「おお、久しぶりの夕焼けじゃぞ、右近《うこん》どの」

神原辰之助《かんばらたつのすけ》がかたわらに立つ速水《はやみ》右近に話しかけた。しっかりとした体付きに変わった右近がそれには答えず問い返した。

「辰之助様、辰平《たつぺい》様とお杏《きょう》さんは福岡でどうしておられますかね」

「お杏さんの実家は筑前博多《ちくぜんはかた》ゆえ、お杏さんは懐《なつ》かしさでいっぱいでしょう。辰平さんにしても、武者修行時代に博多に立ち寄って、お杏さんと知り合われたのです。黒田《くろだ》家のことも箱崎屋《はこざきや》の内情も十分に承知のはずです。来年の参勤上番《じょうばん》で江戸に戻って来られるのが楽しみです」

「辰平は筑前福岡藩の藩士に、利次郎《としじろう》は豊後《ぶんご》関前《せきまえ》藩に仕官が叶《かの》うた。二組の祝言《しゅうげん》の折りは小梅村も大いに賑《にぎ》わったが、痩《や》せ軍鶏《しゃも》とでぶ軍鶏が去った小梅村はなんとも寂しいな」

なにか思い詰めた体《てい》の田丸輝信《たまるてるのぶ》が言った。

この数年、坂崎磐音《さかざきいわね》の戦いを支え、尚武館《しょうぶかん》坂崎道場の実質的な師範格を務めてきたのは、松平《まつだいら》辰平と重富《しげとみ》利次郎だった。

辰平と利次郎は、江戸を追われて流浪《るろう》の旅へと出ざるを得なかった磐音とおこんの旅に途中から同道した。そして弥助《やすけ》、霧子《きりこ》とともに田沼意次《たぬまおきつぐ》が放った刺客と戦い、幾多の修羅場《しゅらば》を潜《くぐ》り抜けて大きく成長した。

江戸に戻ったあとは、小梅村の尚武館坂崎道場の、

「関羽《かんう》と張飛《ちょうひ》」

として知られ、磐音を助けてきた。

二人にはそれぞれお杏と霧子という二世《にせ》を契った相手がいた。だが、辰平も利次郎も田沼一派との決着をつけない以上、祝言を挙げる気はなかった。

天明四年（一七八四）三月二十四日、城中で新番士《しんばんし》佐野善左衛門政言《さのぜんざえもんまさこと》が若年寄田沼意知《おきとも》への刃傷騒《にんじょう》ぎを起こし、事態は大きく変わった。

父親の田沼意次の威勢に陰《かげ》りが見えてきたものの、将軍家治《いえはる》の強い信頼を保った意次が全権を手放す様子はなかった。

磐音は、長年尚武館を支えてきた辰平と利次郎の祝言を強く勧めた。

天明四年晩秋、箱崎屋次郎平《じろべい》夫婦を乗せた箱崎屋の所蔵船が江戸に到来した。その折りに松平辰平と重富利次郎は、合同の祝言を挙げた。それぞれお杏と霧子

と所帯《しょたい》を持ち、二組の夫婦が誕生したというわけだ。

若年寄田沼意知の横死から半年後のことゆえ、西国きっての豪商箱崎屋の三女の祝言にしては慎ましやかなものであった。

だが、その席に招かれた客は松平、重富両家の身内のほかに、辰平が仕官する黒田家の江戸家老黒田敬高《よしたか》ら要人、利次郎が奉公する関前藩の重臣中居半蔵《なかいはんぞう》ら、さらには箱崎屋と今津屋《いまづや》の主《あるじ》夫婦に今津屋の老分《ろうぶん》番頭由蔵《よしぞう》らと、武家方、町人が混在する多士済々《たしせいせい》で、参列者が心から二組の夫婦誕生を祝福した。

さらに母屋《おもや》での祝言のあと、こんどは道場で男女四人の新たな出立《しゅったつ》を祝う剣術仲間の宴が繰り広げられた。

この日を機に、辰平とお杏は福岡藩江戸藩邸のお長屋に、利次郎と霧子は関前藩江戸藩邸へと引っ越していった。ために小梅村の尚武館坂崎道場は一気に寂しくなった。

だが、去る者があれば来る者もいた。

奏者番《そうじゃばん》速水左近《さこん》の次男右近と御家人の次男坊で元鈴木《すずき》清兵衛《せいべえ》門下の恒柿智之助《つねかきとものすけ》が、住み込み門弟として、辰平と利次郎が出た小梅村の長屋に入った。

一方、小梅村を去った辰平は、福岡藩江戸藩邸内のお長屋でお杏との暮らしを始め、剣術指南をしながら藩務を覚えていった。むろん時には小梅村に黒田家の家臣らと出稽古《でげいこ》に来た。そしてこの春、黒田家家臣として初めて参勤下番《かばん》の一行に加わり、江戸を離れた。それとは別にお杏も箱崎屋の所蔵帆船で博多に戻っていた。

「利次郎様のほうは時折り姿を見せて、日頃の憂さを晴らすように道場で大暴れしていかれます。きっと未だ大名家の奉公に慣れておられぬのです。あの様子を見ていると奉公も考えものです」

と右近がだれにともなく呟《つぶや》いた。

利次郎と霧子の暮らしがうまくいってないわけではない。いやむしろ、仲睦まじいのはだれの目にも明らかだった。だが、利次郎も土佐藩山内《やまのうち》家家臣の重富百太郎《ひゃくたろう》の次男でありながら、早くから尚武館に出入りし、剣術一筋の日々を過ごしてきたために屋敷奉公の何たるかを知らないに等しかった。またそれ以上に、雑賀衆《さいかしゅう》の手で育てられた霧子も堅苦しい大名家江戸藩邸の暮らしに馴染《なじ》めず、苦労している様子が、右近にも見受けられたのだ。

「右近どの、そなた、未だ婿《むこ》入りの口を願うておるのか」

輝信が話題を転じて右近に問うた。

「母上はその気持ちのようです。それがしは、田丸様同様、この尚武館で剣術修行を続けるのもいいかと思うております」

「そうもいくまい」

輝信が洩らした語調に右近がなにかを感じ取って、輝信を見た。

「右近どの、おれもいい歳《とし》だ。この辺がな、見切りどきやもしれぬ」

「なにを考えておられるのです」

ほぼ同時期に入門し、腕を競い合ってきた辰平と利次郎の二人が小梅村を去ったのは二年ほど前のことだった。このことが田丸輝信の剣術修行に微妙な影を落とし、気力を奪っていた。

「おれには辰平の度量も利次郎の明朗さもない。剣術の腕でも残念ながら力不足だ。つまり二人に比べ、器が小さい。ただ今のご時世、この歳からの婿入りは難しかろう」

輝信の語調は自信なげだった。

「長年師範を務めてこられた依田《よだ》鐘四郎《かねしろう》様が依田家に入られたのは、三十を過ぎてからと聞いております」

右近が先輩を諭《さと》すように言った。

「右近どの、あの時節よりもただ今のほうが先行きが見えぬ。若年寄の田沼意知様が斬《き》り殺されても、親父様が老中で居座り、天明の改革を推し進めておられる。だが、なにかが変わったか。武家方は、今津屋や箱崎屋のような豪商に首根っこを摑《つか》まれて身動きが取れぬ。いや、商人が悪いと言うているのではないぞ。事実を述べているだけだ」

「分かっております」

「屋敷奉公の武士は、ただ目立たぬよう、また、落ちこぼれぬよう横一列になって奉公の日々を過ごしておられるように見受けられる。このようなことのために、われら、苦しい稽古を続けているのか」

輝信の言葉に右近は返答できなかった。

「そなたの親父様は奏者番ゆえ、どこぞに口を利《き》かれれば、仕官の一つや二つ、なんとでもなろう。じゃが、それがしの家では無理だ」

「田丸様、わが父の城での陰口をご承知ですか。『表猿楽町《おもてさるがくちょう》の主は清廉潔白を通り越して変人堅物』と呼ばれる人物です。父がいちばん嫌うているのは賂《まいない》の横行です。また、職権を使い、まして身内を幕臣に仕官させるなど論外。ゆえにそれがしが他家に養子に入るのは無理なのです」

輝信が右近を見た。

かたわらにいる辰之助は、輝信の言葉をどうとらえるべきか迷っているようで、無言を貫いていた。その代わり、平助が応じた。

「輝信さんや、なにごともたい、考えすぎてはいかんばい。剣術は仕官の道具ではなか。また出世の手段でもなかろう。剣術の奥義《おうぎ》はこん小田平助には分からん。ばってん日々汗を流すことはたい、なんとも気持ちよかろうが。ほかんことはくさ、磐音先生に任せとかんね」

「小田様、汗を流すだけでは一人前の暮らしは立ちませぬ」

輝信が言い捨て、長屋に姿を消した。

「輝信さんは悩んでおられるごたる」

その背中を見送った平助が呟いた。

「小田様、それがしには悩みがございません。一日一日剣術の稽古を重ねることしか考えておりません」

「それでよかと。小田平助のお墨付きやけん、なんの保証もなか。ばってん、無心にくさ、心と体を鍛える時期が長かほど、しっかりとした大木に育ち、葉を茂らせ、花を咲かせると違うやろか」

「父がよう言うております。『尚武館の小田平助の言葉は含蓄《がんちく》が深い。嚙《か》めば嚙むほどにじんわりとした味が滲《にじ》み出てくる』と。それがしも小田平助先生の言葉に勇気づけられ、励みになります」

「速水の殿様に褒《ほ》められるほど、わしは偉うなか。無駄口たいね、なんの意味もなかと」

「きっとその辺に、嚙めば嚙むほどの含蓄があるのです」

「右近さん、爺《じじい》ばからかわんと」

「いえ、本心です」

「ばってん、輝信さんには通じんかったやろが」

「田丸様は、辰平様と利次郎様が尚武館を出られたことが、心に堪《こた》えておられるようです」

「右近さん、輝信さんは尚武館を出ていく気かね」

と季助が訊いた。しばらく考えた右近が、

「分かりません」

と首を横に振った。

神原辰之助も、先輩の田丸輝信の悩みを察しているようで、最後まで無言を貫いた。

辰平、利次郎の二人が小梅村の尚武館坂崎道場を出たことは、辰之助にも影響を与えていた。尚武館の住み込み門弟の次男坊の役を楽しんでいた辰之助は、二人が抜けた、

「穴」

を埋めるべく剣術修行に一段と熱を入れ、言動が慎重になっていた。それだけ尚武館坂崎道場に二人がいなくなったことは大きな影響を与えていた。


母屋の縁側におこんが腰を下ろし、磐音が空也《くうや》に稽古をつけるのを見ていた。

空也は七つになり、木刀を振るさまがかたちになり、力強さが増していた。磐音が本式に稽古をつけ始めて二年の歳月が流れていた。

空也は素振《すぶ》りを繰り返していた。

早苗《さなえ》が姿を見せた。

「おこん様、本日の夕餉《ゆうげ》は門弟衆と一緒でようございますね」

「この長雨に皆さん、鬱々としておられるようです。夕焼けも出たことですし、ぱあっと賑やかに食しませぬか」

おこんが磐音に許しを乞《こ》うた。

「おこん、最初からその心積もりであろう」

「奈緒《なお》様のところからお酒が届いております」

「もうすぐ店開きじゃな。なんとか晴れてほしいのじゃがな」

「晴れます。天下の白鶴《はっかく》太夫を務め、紅花大尽《べにばなだいじん》の前田屋内蔵助《まえだやくらのすけ》様のお内儀《ないぎ》でいらした奈緒様の晴れの船出です。必ずや日本晴れになります」

おこんが言い切った。

二人の視線の先で空也が素振りを続けていた。

磐音は、二年前の再会を思い出していた。

出羽国山形《でわのくにやまがた》藩秋元《あきもと》家の参勤上番が江戸入りしようと、千住宿《せんじゅしゅく》に差しかかったのは、二年前の天明四年六月の半ばのことだった。

大名行列は、江戸入りに際して家格に合った陣容を整えなければならない。そこで秋元家でも江戸藩邸からの藩士たちの加勢を得て、六万石に相応《ふさわ》しい行列を組み直した。一方で、道中ではできるだけ人数を減らして先を急いだ。それはひとえに路銀を節約するためだ。

参勤交代は元来、いざ鎌倉という場合、軍勢を送り込むための陣立てだ。ゆえに家格に合わせ、騎馬の数を揃《そろ》え、決められた武器を携帯して江戸入りの陣容を整えなくてはならない。

だが、戦国の気風が消え、徳川幕府の安泰が続く今、幕府への忠誠を示す儀式と化していた。

千住宿で組み直された秋元家の行列から何人かの男女が抜けたことを、出迎えの秋元家の家臣は気付かなかった。

むろん抜けたのは前田屋の奈緒一家四人と弥助、霧子、一八《いつぱち》の七人だった。

行列が千住大橋を渡っていったとき、七人を迎えた者がいた。

坂崎磐音と空也の二人だ。

道を挟《はさ》んで対面した奈緒は、磐音と視線を交わらせ、長い空白の歳月を思い浮かべたあと、深々と一礼した。

「難儀であったな、奈緒」

磐音が昔どおりに奈緒を呼び捨てに呼んだ。その言葉には優しさが滲んでいた。

「坂崎磐音様、こたびのご助勢、言葉に言い尽くせませぬ」

「奈緒、そなたをそれがしが助けるのは、身内として当たり前のことじゃ」

「身内にございますか」

「この十数年、われらは運命《さだめ》に翻弄されて別々の道を強いられて参った。われらには、雨の日も風の日も雪の日もあった。そなたの苦衷《くちゆう》も難儀も、よう承知しておるつもりじゃ。今、われらは長い別離の刻《とき》を経て、真《まこと》の身内として再会した。そうは思わぬか、奈緒」

しばし沈黙していた奈緒の顔に笑みが浮かんだ。

上意討《じょういう》ちとはいえ、奈緒の兄の琴平《きんぺい》を斬ったことを磐音は悩んでいた。ゆえに許婚《いいなずけ》の奈緒に別れも告げずに藩を離れたのだ。そのことを、ただ今の言葉でしみじみと奈緒は理解した。

奈緒は、心の底に蟠《わだかま》っていた感情が、「身内」という言葉にゆっくりと溶けていくのを感じた。

磐音は、奈緒を、一家を身内として迎えようとしていた。

奈緒は己を納得させるように何度も頷《うなず》き返した。

「兄にそなたの子を紹介せぬのか」

「迂闊《うかつ》なことにございました」

奈緒が、六歳の亀之助《きのすけ》、五歳の鶴次郎《つるじろう》、三歳のお紅《こう》を次々に紹介した。

「亀之助、鶴次郎、お紅、よう江戸に参った。難儀の旅であったろう、もはやなんの心配も要らぬ」

磐音は一人ひとり奈緒の子を両の腕に抱きしめた。

奈緒は空也を見ていた。

幼い空也の顔立ちに奈緒は、若き日の磐音の面影《おもかげ》を見ていた。遥か昔のことのように思えた。だが、奈緒の胸に刻まれた磐音の顔立ちそのものだった。

「空也様でございますね」

「奈緒様、坂崎空也にございます」

空也がしっかりとした口調で挨拶《あいさつ》を返し、

「空也様は、私の名をご存じなのですか」

奈緒が問い返した。

「はい。豊後関前の爺上《じじうえ》から教えていただきました。うちのお仏壇には、奈緒様の兄上様の小林《こばやし》琴平様、姉上の舞《まい》様、もう一人父上の朋輩《ほうばい》の河出《かわで》慎之輔《しんのすけ》様の位牌《いはい》がございます。爺上も婆上《ばばうえ》も、朝起きたら位牌に手を合わせ、念仏を唱《とな》えよと言われました」

奈緒は不意を衝《つ》かれたように感情が激した。だが、沸き上がる感情を必死に鎮

めて、

「空也様、義兄《あに》河出慎之輔様、わが兄小林琴平、姉舞の位牌を守っていただき、ありがとうございます」

奈緒は空也に頭を下げた。

「さあ、奈緒様、船を待たせております。小梅村に参りましょう」

空也は言ってお紅に手を差し出し、お紅も素直に空也の手を握った。

奈緒と磐音の脳裏に遠い昔の光景が去来した。

だが、それは一瞬であった。

あの時からほぼ二年が過ぎた。

二

夕餉の刻限、田丸輝信は姿を見せなかった。右近が長屋に呼びに行ったが、長屋がきれいに片付けられており、外出《そとで》した様子だったという。その知らせを受けた磐音は、黙っておこんを見返した。

「近頃、輝信さんはなにか迷っておいででした」

磐音の無言の問いを察したように答えた。その言葉をその場の全員が聞いて、頷いた。

「辰平様と利次郎様が小梅村を出られたことが堪えているようです」

「右近さん、それは二年も前のことです」

恒柿智之助が言い返した。

「それはそうですが、私にはそう思えるのです」

右近の視線が辰之助に向いた。

神原辰之助は、ただ今の尚武館の住み込み門弟では一番の年長ではなかった。田丸輝信のほうが入門も早く年上だった。だが、このところ輝信が思い迷っていることもあって、辰之助が辰平と利次郎の代わりを務めようと頑張っていた。

「それがしもおこん様や右近どのの考えに同じです。なにか目標を見失われたようでした」

磐音は頷き、それでも念を押した。

「他になんぞ輝信どのが思い悩むことに気付いた者はおらぬか」

「好きなお方ができたとか、なにか他に熱中するものが見つかったのなら、だれかが気付くはずです」

磐音の問いをおこんが否定した。

「磐音先生、明日の稽古の後、田丸輝信様の実家を訪ねてよいですか」

と右近が尋ねた。

「数日ほど輝信どのに考える時を与えてはどうじゃな。少し時が経てば、心変わりして小梅村に戻って来られるやもしれぬ。尚武館で何年も同じ釜の飯を食うたそなたらに別れを告げずに出ていくとは、とうてい考えられぬ」

磐音は応《こた》えつつも、輝信の気持ちを察せられなかった己を恥じた。

「先生、それがよかろう。悩んだり、迷ったりするっちゅうことはたい、未だ輝信さんが若いということたい。こん平助の歳になれば、悩むことも迷うことも忘れちょるもん」

「そうか、大人は悩んだり迷うたりせぬものですか」

「あら、私なんて始終思い悩んでいますよ。となると大人になっていないのかしら」

おこんが思わず右近の言葉に応じるのへ、

「義姉上《あねうえ》は十分大人にございます」

と右近が慌《あわ》てて言った。

「うちは小田様と武左衛門《ぶざえもん》様に助けられていますものね」

おこんの言葉に早苗が慌てた。

「えっ、うちの父がこちらでなにか役立っておりますか」

「早苗さん、娘のあなたは、武左衛門様がうちで果たされる役割に気付いておられませんよ」

「そうでしょうか。わが父はなんともだらしなく、どなたかの手本になるとも思えませんが」

「それが違うのじゃ。わが友、武左衛門どのほど天真爛漫《らんまん》、己の気持ちに正直なお方はおられぬ。その言葉に作為や企《たくら》みはござらぬ。心に浮かんだ考えをただ口にしておられるだけにござる。その言葉がどれほどこのご時世を、苛立《いらだ》った世間を和《なご》ませてくれているか」

「父がそのような役目を果たしているなど信じられません」

「早苗さんや、磐音先生の言われることは真《まこと》ばい。武左衛門さんはくさ、毎日近くにおられると、いささか辛かばってん、姿を何日も見んと無性に寂しかろうが。そこたい、武左衛門さんの真骨頂《しんこっちょう》はくさ」

平助の言葉に辰之助と右近が頷いたが、他は困惑の様子を見せていた。

「辰平どのと利次郎どの、それに霧子の三人が尚武館から旅立ったのは、なんとも尚武館にとって大きな出来事でござった。三人が抜けた穴は、未だぽっかりと空いたままのようじゃ。弥助どのは、門弟であり娘同然の霧子を泰然として見送られましたな」

磐音が黙って話を聞いていた松浦《まつうら》弥助に話を向けた。

「いえ、わっしも娘を嫁にやったような気持ちになりましてな。ですが、それをだれにも悟られまいとして、その気持ちを押し隠しておりました。もっと己の気持ちに素直であればよかったと思いますよ。血が繋《つな》がった娘でもないのに、このぽっかりと空いた洞《うろ》はなんでございましょうな」

「魂消《たまげ》たばい。弥助さんは顔に出されんやったと」

「わっしは、武左衛門さんの域に達し得ず、また小田様にもなりがたし、人間ができておりませんな」

と弥助が苦笑した。

「皆様、父をからかっておいでなのですか」

「早苗さん、とんでもない。この尚武館を陰から支えておられるのは武左衛門様やおこん様の親父様の金兵衛《きんべえ》さん方です」

と右近が強い口調で言い返し、

「ついでと申してはなんでございますが、尚武館三助《さんすけ》年寄りの力は、ばかにできぬそうです」

「あら、右近さん、尚武館三助年寄りってだれのこと」

すかさずおこんが訊いた。

「ご存じなかったのですか。利次郎様が陰で呼んでいたことを」

「存じません」

「しまった。ただ今私が口にしたことは忘れてください」

「右近さんや、聞きたかかな、こん平助も」

「右近どの、迂闊じゃぞ。それがしも久しぶりに利次郎さんが洩らす三助年寄りを思い出した」

辰之助が言い、おこんが、

「右近さん、義姉の命《めい》です。言いなさい」

と命じられた右近が、ううーんと唸《うな》り、覚悟を決めました、と話し出した。

「利次郎様があるとき、『尚武館に名物数々あれど、一に磐音で二がおこん、三、四がなくて、五が三助年寄りじゃな』と言われましたので、私が訊き返しますと、

『松浦弥助、小田平助、そして、門番の季助に決まっておろうが』とお答えになりました。いえ、私が言ったことではございません。豊後関前藩士になられた重富利次郎様のお言葉にございます。そのあと、門弟の間に密《ひそ》かに広まっておりました」

「ふーん、門番のわっしまで尚武館名物か。小田様じゃなかが、光栄の行ったり来たりたいね、魂消たと」

平助のお国訛りを真似た季助の冗談に一同から笑いが起こった。田丸輝信が無断で外出したことは、磐音をはじめ全員の心に引っかかったが、今は黙って見守ることにした。

辰之助が一同を代表して、

「よし、われら、明日から今まで以上に精進《しょうじん》して、辰平さん、利次郎さん、霧子さんの抜けた穴を埋めるべく努力します」

と宣言し、お互いが気持ちを吐き出した夕餉が終わった。


翌朝、庭での独り稽古を終えた磐音が尚武館道場に向かった。

むろん田丸輝信の姿はなかった。その代わり、通い門弟の速水杢之助《もくのすけ》、設楽小《したらこ》太郎《たろう》、豊後関前藩の御番衆に就《つ》き、剣術指南を務める重富利次郎が、磯村海蔵《いそむらかいぞう》、籐子慈助《とうごじすけ》、本立耶之助《ほんたてやのすけ》ら藩士を連れて出稽古に来ていた。ために久しぶりに緊張の中にも活気に満ちた稽古が続いていた。

磐音が神棚に一礼して振り向くと、利次郎が辰之助と打ち合い稽古をしていた。二人の間には、未だかなりの力量差はあったが、辰之助も時に利次郎を脅《おびや》かす、のびやかな竹刀捌《しないさば》きを見せていた。また、別のところでは右近が兄の杢之助と険しい鬩《せめ》ぎ合いをしていた。

直参《じきさん》旗本速水家の嫡子《ちゃくし》杢之助は、父親左近の跡を継ぐべく父の供として登城し、城中の仕来《しきた》りに慣れようとしていた。ために尚武館の住み込み門弟となることは叶わず、どうしても弟の右近と稽古の量に差ができた。

その上、右近は近頃背丈が五尺八寸五分に伸びて、兄を一寸以上引き離していた。両腕も兄より長いために懐《ふところ》が深くなり、これまで利いた杢之助の踏み込みと攻めが届かなくなっていた。

「おかしい」

一連の打ち合いのあと、飛び下がった杢之助が右近に言った。

「どうなされた、兄者《あにじゃ》」

「これまで届いておった攻めが利かぬ」

にやり、と笑った右近に、

「そなた、磐音先生からこの杢之助封じの秘伝を教わったな」

と杢之助が悔しげに言った。

「磐音先生がさような姑息《こそく》なことをなさるはずもない。弟の日頃の精進が実を結びつつあることを認めぬか、兄者」

「悔しいのう」

杢之助が言ったとき、見所《けんぞ》に二人の父親の速水左近が姿を見せた。

速水兄弟の立ち合いを見ていた磐音は、二人のもとに近付き、

「杢之助どの、父上の登城のお供で稽古が思うようにできませぬか」

「はっ、ご覧のとおり、弟め、住み込み修行で力をつけたようでございます。磐音先生、それがしも住み込みにしてもらえませぬか」

「杢之助どの、剣術はどこにいても覚悟次第で稽古はできます。城中ではさすがに木刀や竹刀を振り回すことはできますまい。されど、頭の中で打ち込みも立ち合いもできます。右近どのが長い腕を利して攻め込んだとき、どう対処すればよいか、その対応策を考えることはできましょう」

はあ、と杢之助が訝《いぶか》しげな顔で答えた。

「それがしを右近どのと思い、攻めてみなされ。最前の立ち合いでは、杢之助どのの攻めにいつもの伸びやかさが欠けておるように見受けられました。頭を空にして五体を自在に解き放ちなされ」

杢之助が竹刀での素振りを繰り返すと、

「ご指導、お願いします」

と磐音と対面した。

一瞬の構えのあと、杢之助が一気に間合いを詰めて面を打った。磐音が引き付けて杢之助の竹刀に己の竹刀を合わせ、軽く押し戻した。

いったん稽古を止めた。

「気持ちと竹刀だけが先走り、足腰がついてきておりませぬ。踏み込みの機は慎重に判断し、決断したら一気果敢に下半身から攻めなされ。竹刀に力が伝わらぬのは、腕だけで攻め込もうとしておるからです」

稽古不足が杢之助の下半身の動きを鈍くしていた。

磐音は攻めに変えた。

杢之助の攻守の機微を呼び覚ますように多彩な攻めを繰り出し、その攻めを弾《はじ》き返す動きをゆっくりと思い出させた。徐々に、杢之助本来の動きが戻ってきた。

「よいでしょう」

と竹刀を引いた磐音が、

「杢之助どの、右近どのと立ち合《お》うてみなされ」

と命じた。

「兄者、磐音先生の稽古を受けて疲れてはおらぬか。疲れておるならば正直に申せ。息が鎮まるまで待ってやろう」

余裕の右近が杢之助を挑発するように言った。

「右近、磐音先生のご指導で反対に元気が蘇《よみがえ》った。参れ」

磐音は見所近くに下がって兄弟の立ち合いを眺めた。むろん父親の速水左近も伜《せがれ》二人の稽古を、身を乗り出して見た。

相正眼《あいせいがん》の構えから互いが踏み込み、面を取りにいった。最前まで届かなかった杢之助の面打ちがびしりと決まり、右近の面は反対に横へとわずかに流れた。

「未だ未だ」

と右近が反撃に出た。だが、こんどは杢之助が余裕をもって受けに回り、弟が攻め疲れる一瞬を待った。

右近が、

（おかしい）

と思い、焦《じ》れた。

その一瞬の心の迷いを察した杢之助が大胆に踏み込んで、堂々たる胴打ちを放った。

びしり
と鈍い音を立てて胴に決まり、右近が思わず片膝《かたひざ》を突いた。

下がって距離をとった杢之助は、右近が立ち上がるのを待った。

「おかしい」

「なにがおかしい」

「兄者、磐音先生から右近封じの秘伝を教わったな」

「最前、先生がさような姑息なことをなさるはずがないと言うたはそなたであろうが。それがしも同じ言葉を返そうか」

首を捻《ひね》った右近が、

「兄者、もう一本」

と立ち合い再開を願った。

「清水平四郎《しみずへいしろう》どの」

背で呼ばれる声に磐音が振り向くと、尾張《おわり》藩徳川家の藩道場師範馬飼籐八郎《うまかいとうはちろう》が稽古着姿で立っていた。かたわらには江戸藩邸勤番の実弟馬飼十三郎《じゅうざぶろう》が木刀を提《さ》げて控えていた。十三郎は、磐音が江戸に戻って以降、奉公多忙の合間を縫《ぬ》って小梅村まで稽古に来ていたから、磐音の門弟といえた。

かつて磐音が江戸を追われ、尾張名古屋城下に滞在した折り、藩道場の師範格であったのが、馬飼籐八郎だった。その後、三年前より剣術指南役に就いたことを磐音も承知していた。

御三家尾張藩の流儀は影《かげ》ノ流であった。

磐音は尾州茶屋中島《びしゅうちゃやなかじま》家の大番頭三郎清定《さぶろうきよさだ》の口利きで尾張藩道場を訪ねたとき、偽名清水平四郎を名乗っていた。田沼意次の刺客から逃れるためだ。

清水平四郎こと坂崎磐音と馬飼籐八郎が、竹刀での立ち合いをなしたその日、道場には尾張藩御付《おつけ》家老にして両家年寄と呼ばれる竹腰山城守忠親《たけのこしやましろのかみただちか》がいた。

尾張影ノ流は「常勝の剣」であらねばならなかった。

だが、師範格の馬飼籐八郎は、無名の浪人者清水平四郎に敗《やぶ》れたのだ。潔《いさぎよ》く敗北を認めた籐八郎が見所に一礼し、切腹をする決意で道場を去ろうとした。だが、

竹腰が、

「待て、籐八郎」

　と制し、清水平四郎もまた、

「馬飼様、稽古を続けませぬか」

　と籐八郎を引き止めたのだ。

　それが縁で清水平四郎と尾張藩の関わりができた。むろん尾張藩では「清水平四郎」が何者か藩を上げてその素性を探った。

「久しぶりにございますな、馬飼様」

「先生、ご壮健でなによりにござる。いささか急ながら、尾張名古屋より江戸に呼び出されて参りました。久しぶりに江戸に出て、なにが楽しみというて、清水平四郎どのに見《まみ》えることにござった。今日は、半日ばかり暇をもらいましたゆえ、小梅村に駆けつけ申した。ご指導を願いたい」

「尾張様の道場とは違い、百姓家を改造した道場にござる。いささか狭うございますが、こちらこそご教授願います」

　磐音に設楽小太郎が竹刀を差し出した。小太郎に頷き返した磐音が、

「馬飼様、竹刀でようございますな」

と念を押した。

ふっふっふ、と笑みの声を洩らした馬飼籐八郎が、

「木刀を認めてもらえぬか」

と言って弟の十三郎から木刀を受け取り、竹刀を渡した。その様子を見た小太郎が竹刀に替え、磐音愛用の枇杷材《びわざい》の木刀を持参した。

見所前で二人は対面した。

杢之助と右近兄弟が稽古をやめて、壁際に下がった。すると他の門弟衆も見倣《みなら》い、それぞれが板壁や庭に面した縁側に座して、坂崎磐音と馬飼籐八郎の木刀稽古の見物に回った。

「ご一統、気を遣わせましたな」

だれに言うともなく声をかけた磐音が、

「馬飼様、かように道場がいくらか広くなり申した。存分に御流儀を発揮してくだされ」

と願い、二人は木刀を相正眼に構えた。

その場にある者すべてに剣術の神髄が披露《ひろう》されることを、二人の構えが教えていた。

馬飼籐八郎は、徳川尾張家の流儀影ノ流を会得した堂々たる構え、一方の坂崎磐音は、例の居眠り剣法、

「まるで春先の縁側で日向《ひなた》ぼっこをしながら、居眠りしている年寄り猫」

と評された静かなる構えであった。

互いが眼を見合っていたが、阿吽《あうん》の呼吸で籐八郎が動き、磐音もまた受けに回ることなく踏み込んだ。

二本の木刀が乾いた音を響かせ、絡《から》み合い、離れた。だが、一瞬の間もなく互いが攻め合い、守り抜き、見事な攻防一如《いちにょ》を展開した。

馬飼籐八郎は、「常勝の剣」たる影ノ流の重圧を恐れず、磐音の胸を借りるつもりであらん限りの技を駆使して攻め、また磐音の攻めを凌《しの》いでいた。ために馬飼籐八郎の剣術を、出会いの時より一段と大きくしていた。

二人の木刀勝負は四半刻《しはんとき》（三十分）も続いたか。

阿吽の呼吸で始まった攻防は阿吽の呼吸で終わり、互いが木刀を引いた。

「清水平四郎どの、いや坂崎磐音先生の難儀と修行、それがし、存分に察することができ申した」

「馬飼籐八郎様、尾張影ノ流の神髄、存分に見せてもらいました」

剣術家の会話は、立ち合いの中でなされた。互いが空白の歳月を埋めるに十分な体験を攻防の技で告げ合った。

「磐音先生や、それがし、尾張影ノ流を初めて拝見いたした」

見所の速水左近が感嘆の声を上げた。そして、

「馬飼どのがそなたを清水平四郎と呼びかけられたようじゃが、清水とは何者かな」

と尋ねた。

「その謂《いわ》れは母屋に移ったあとに、とくとご説明いたしましょうか」

と答えた磐音が馬飼と速水を引き合わせた。

三

朝稽古が終わったあと、尾張藩の馬飼籐八郎と速水左近は母屋に移った。

磐音は母屋の湯殿で汗を流すことを勧め、馬飼も快くその申し出を受けた。

馬飼は稽古着を母屋の湯殿で脱ぎ捨て、水を被《かぶ》って汗を流し、小者《こもの》に持たせてきた衣服に着替えると、磐音と速水の待つ座敷に姿を見せた。

久しぶりに磐音との稽古でさっぱりした汗を流した馬飼は、爽《さわ》やかな表情を見せ、

「江戸に呼ばれて以来、体を動かしておりませぬ。磐音先生のお蔭《かげ》で心身ともに爽快な気分になりました」

と言うのへ、

「それはなによりでございました」

と磐音が応じた。

速水左近は、馬飼が湯殿で汗を流している間、磐音から、清水平四郎と呼ばれた謂れを聞き、その上で磐音に質《ただ》していた。

「馬飼どのは稽古に託《かこつ》け、そなたに内々の話があって小梅村に参られたのではないかな。幕臣のそれがしがいては話ができぬのではあるまいか」

磐音も、馬飼籐八郎がただ稽古に来ただけとは思っていなかった。

だが、磐音と奏者番速水左近が深い付き合いにあることを、尾張藩とて、すなわち馬飼とて知らぬはずはない。ならば、

「速水様、馬飼様に内密の用があるともないとも判断がつきませぬ。なんぞ秘めごとならばそう申されたはず」

と速水に応えた。

おこんと早苗が茶を運んできて馬飼籐八郎に挨拶し、空也と睦月《むつき》を紹介した。

流浪の旅で尾張に身を寄せていたとき、おこんの腹には空也が宿っていた。

「おお、あの折りの腹のお子が、かように大きく成長なされたか。空也どの、いくつになられたな」

「七歳にございます」

空也がはきはきと答えた。

「七つにしては、体がしっかりとしておられる」

「馬飼どの。空也は五つより父親の手解《てほど》きで体を造ってきましたからな。七つの子にしては背丈も大きゅうて、手足もしっかりとしておる」

「養父上《ちちうえ》、孫自慢は聞き苦しゅうございます」

おこんが注意した。

馬飼は、おこんが速水左近を「養父上」と呼んだことに訝しげな表情を見せた。

「孫自慢はいかぬか」

「杢之助さんや右近さんにお子ができるまで、しばらく辛抱なされませ」

「おこん、そなたはそれがしの養女として坂崎磐音に嫁ぎ、佐々木《さ さ き》家の嫁に入ったのじゃ。その養女の子はそれがしにとって孫同然ではないか」

馬飼は「養父上」の意味を理解した。

「ではございますが」

おこんがちらりと馬飼籐八郎を見た。

「そういえば、速水左近様と磐音先生とは、いささかかたちは違えど、舅《しゅうと》と婿の間柄でございましたな」

と馬飼がわざわざ言葉にして、

「速水様の孫自慢、麗《うるわ》しゅうございます」

と言い添えると、速水が、「ほれ、どうじゃ」という顔をおこんに見せた。笑みを返したおこんが、

「後ほど朝餉《あさげ》をお持ちします」

と座敷から姿を消したあと、速水が、

「馬飼どの、磐音先生に内々の話があるようならば、それがしは朝餉のあとに辞去しますでな、遠慮なく言うてくだされよ」

「速水様、いささかそれがしも迷うての小梅村訪問にございました。ですが、速水様とこちらとの親しい交わりを改めて聞くにつれ、かつて家治様の御側御用取《おそばごようとり》

次《つぎ》を務められた速水左近様に同席いただけるほうがよきことと、判断いたしました。お二人に聞いていていただきとうございます」

と言い切った。

磐音も速水も黙って頷き、馬飼籐八郎一人の判断での小梅村訪問ではなく、尾張藩の上役の命を受けてのことだと理解した。

「こたびのそれがしの江戸勤番は異例のことにございます。こたび急に尾張から江戸へと呼び出されたのは、それがしだけではございませぬ。十数人ほどの主だった家臣が呼ばれております。それがしが尾張の影ノ流の師範であるように、呼ばれた面々は、御番衆など殿の身辺警護を務めてきた者ばかりでございます」

磐音にとって馬飼籐八郎の話は、いささか唐突に聞こえた。だが、幕府要人の一人として幕政に携わる速水左近にとっては、なんとなく察しがつく話のようだった。

「磐音先生、われら尾張の家臣ばかりが江戸に呼び出されたのではございますまい。紀伊《きい》藩からも水戸《みと》藩からも、おそらくわれらのような面々が密かに江戸に参集しておられましょう」

と籐八郎が言い切った。

その言葉で磐音は、田沼意次に関わる一件で御三家の家臣団が江戸に召集されたと気付かされた。

五月以来の長雨は、天明の改革を強引に進める老中田沼意次に大きな深手を負わせていた。

田沼意次は、枯渇した幕府の財源を新たに確保するため、下総《しもうさ》国印旛《いんば》沼《ぬま》・手賀《てが》沼《ぬま》の干拓事業に幕府の命運をかけていた。

印旛沼は、利根川《とねがわ》下流右岸にある巨大な沼地で、上総《かずさ》下総の台地から水を集める鹿島川《かしまがわ》と神崎川《かんざきがわ》が流れ込んでいた。この莫大な水量を、長門川《ながとがわ》を通じて利根川へと落としていた。だが、利根川が増水するたびに、関八州から集まった水が逆流してくるので、印旛沼とその一帯はたびたび水害に見舞われた。

最初にこの干拓を提言したのは、千葉郡平戸《ひらと》村《むら》の染谷《そめや》源《げん》右衛《え》門《もん》だ。

享保《きょうほう》九年（一七二四）のことであった。

利根川と接触する部分を閉ざし、沼の西端の千葉郡平戸から同郡検見川《けみがわ》へ至る四里十二丁（約十七・三キロ）に掘割を造り、水を江戸の内海に流して、沼地を新田に変えようという企てであった。だが、この企ては、難儀を極め、染谷源右衛門ら幕府の請負人が相次いで破産して失敗に終わった。

五十数年後、この企てに目を付けたのが田沼意次であった。

安永《あんえい》九年(一七八〇)、代官宮村孫左衛門《みやむらまござえもん》は、惣深新田《そうふけしんでん》の名主らに指示して、改めて、印旛沼《の》・手賀沼の干拓目論見帳《もくろみちょう》を作らせた。それによると六万六百六十両の資金と、延べ二百四十二万六千四百二十五人の人足を要すると判断された。

この二回目の企てが完成した折りの新田の配分は、金主が八割、地元世話人が二割という前提で、天明二(一七八二)年七月、勘定奉行所の評議で実施が決まった。

天明の改革を推し進める田沼意次にとって目玉となる干拓事業であった。

作業は順調に進み、利根川の閉め切り工事をはじめ、ほぼ全体の六割以上が終わったところで、天明の長雨に祟《たた》られた。

この天明の長雨は、徳川幕府開闢《かいびやく》以後、未曽有《みぞう》の災害と称された寛保《かんぽう》二年(一七四二)の大水の十倍もの規模であったという。

この大雨で利根川が氾濫《はんらん》し、印旛沼の干拓工事は壊滅的な被害を受け、この年の八月二十四日には、印旛沼・手賀沼干拓工事そのものの中止が決定した。

莫大な費用と労力と歳月を注ぎ込んだ事業を推進してきた老中田沼意次への風当たりは強く、干拓失敗の譴責《けんせき》を受けることになった。

田沼意次が主導する天明の改革に異を唱えはじめたのは御三家であった。そんな風聞が小梅村まで伝わってきていた。

尾張藩の武官たる馬飼籐八郎らが出府してきて、紀伊も水戸も呼応しているということは、長年続いた田沼政権への明確な叛旗《はんき》であった。

「馬飼様、家治様のご体調がすぐれぬと聞き及んでおります。御三家の家臣が江戸に呼び出されたのは、万が一に備えてのことでございますか」

「磐音先生、そうお考えになって宜《よろ》しいかと存じます。磐音先生はかつて西の丸家基《いえもと》様の剣術指南にございました。ゆえに本日そのことをお耳に入れておくべきと、上役と相談の上こちらに参りました」

磐音は、家治が亡くなった場合、田沼意次がどう動くか、その懸念から御三家は馬飼ら御番衆を江戸に呼び、御三卿の血筋の家斉《いえなり》を、

「十一代将軍」

とするために万全を期したか、と推測した。そして、磐音は、馬飼籐八郎が家基の名を出した以上、それ以上の内情には触れられぬ、またこちらから触れてはならぬと思った。

「相分かり申した」

磐音は手を打って朝餉の仕度をおこんに命じた。

馬飼籐八郎は談笑しながら朝餉を食したあと、小梅村を辞去した。だが、速水左近はその場に残った。

「田沼意次様はどうしておられるのでございますか」

「御三家に抗《あらが》うべく必死の防戦をしておられる。老いて益々盛んと城中では噂《うわさ》が流れておるがな、もはや田沼意次様の頼みは将軍家治様のみ」

「その家治様の御不例《ごふれい》、真にございますか」

磐音の念押しに速水が頷いた。

「お体にむくみが出て、なかなか回復なされぬそうな。御典医が治療に当たっておるが、回復の兆しが見えぬゆえに、田沼様のご機嫌が一段と悪いそうな」

「御三家はどう動こうとなされるのか。ために馬飼様方を江戸に呼び寄せられたのでございますか」

「田沼様との決着をつける覚悟を決められたということであろう」

「家治様の御世継《およつぎ》は、西の丸徳川家斉様でお決まりですね」

御三卿一橋治済《ひとつばしはるさだ》の長男家斉は、跡継ぎのいない家治の養子に入っていた。十四歳であった。

「むろん世子《せいし》である以上、家治様に万が一のことがあれば、十一代将軍に就かれるのは家斉様しかおられぬ」

「家基様の例もございます」

「もはや田沼意次様にその力はなかろう。じゃが、御三家御三卿は、田沼様が最後の牙《きば》を剝《む》かれることを恐れて、馬飼どのら手強《てごわ》い家臣を江戸に呼び寄せておられるのであろう」

と答えた速水が、

「さて、馬飼どのの本日の本意は奈辺《なへん》にあるのか」

「と、申されますと」

と磐音が速水に反問した。

「そなたは政《まつりごと》から常に距離を置いてこられた。それでも家基様の一件で大きな痛手を負われた。尾張は、万が一の場合、そなたがどう動くか確かめるべく、馬飼どのを差し向けたのではあるまいか」

「それがしには、そのような考えも力もございませぬ」

「そう考えるのはそなた一人、家基様の剣術指南であったそなたの動向は、反田沼派のご一統には大きゅうてな。そなたがどう動くか探りに来られたのであろう」

「速水様、考えすぎにございましょう。それがしは一介の剣術家として己の道を進むのみ」

「そなたが反田沼派として控えていると、田沼様に思わせることが大事、と考えたお方がおられるとしたら、どうなるであろう」

「どうと申されても、それがしにはなんの思案も浮かびませぬ」

「西の丸家斉様は十四歳、家基様ほど明晰《めいせき》なお方とは聞いておらぬが、すこぶるお元気な若様だそうじゃ。近々そなたに西の丸から使者が来ることも考えられる」

「使者にございますか。なんのために」

「そなたを家斉様の剣術指南に推挙する使いじゃ」

「それがし、家斉様とはなんのご縁もございませぬ」

「いや、ある」

「と、申されますと」

「そなたの門弟の一人、八代将軍吉宗様の孫、松平定信《まつだいらさだのぶ》様は反田沼派の先鋒《せんぽう》にして、御三家御三卿と極めて親しい間柄にあられる」

速水左近の言葉に、磐音は沈思《ちんし》した。陸奥白河《むつしらかわ》藩主松平定信は、尚武館坂崎道場の門弟であり、磐音とは師弟関係にあった。

「速水様にご指摘いただくまで、それがし、失念しておりました。近頃、定信様は小梅村に稽古に出向いてこられることは滅多にございません」

「磐音先生、そなたなかりせば、松平定信様は生きておられなかった」

速水の指摘は、田沼意知への刃傷騒動に際して磐音が動いたことを思い出させた。

「田沼意次様が力を失うたとき、次の幕閣を引っ張っていかれるのは、松平定信様であろうな」

「だからと申して、それがしに家斉様の剣術指南の役が下されるとは思いませぬ。それがし、家基様を失うた日の衝撃と哀《かな》しみを未だ忘れることはできませぬ。それがしに課せられた道は」

と言いかけた磐音は言葉を途絶させた。

「もはや手負いの老虎に止《とど》めを刺す考えはないと言われるか」

「田沼様が手負いの老虎ならば、必ず反撃に出られます」

「ゆえに御三家も松平定信様も、坂崎磐音の一挙手一投足《いつきよしゆいつとうそく》が気にかかるのじゃ」

と言い切った。

「それが本日、馬飼籐八郎様がお見えになった本意にございますか」

「それがしはそう見た。予測が当たるかどうか、家斉様の剣術指南の使者が小梅村に姿を見せるかどうかで決まろう」

磐音は速水左近の予測を重く受け止めつつも、

(もはや家基様の二の舞はせぬ)

と心に誓っていた。


そのとき、田丸輝信は麻布御箪笥町《あざぶおたんすまち》の御家人屋敷にいた。一晩江戸の町をふらついたあと、実家の門を潜ったのだ。

田丸家では、身分を直参旗本と称していたが、正しくは御家人二半場《にはんば》と呼ばれる身分であり、目付支配無役として世話役の支配を受け、八十俵扶持米取《ふちまいとり》であった。

御家人には譜代《ふだい》、二半場、抱入《かかえいれ》の区別があって、譜代は徳川家康から家綱までの将軍四代の間に、留守居与力《るすいよりき》、同心などの職を務めた者の子孫を指した。二半場は、同じく家康から家綱までの四代に西の丸留守居同心などの下僚《かりよう》を務めた者の子孫をいい、抱入は、五代目綱吉以降に新規採用された与力、同心を呼んで区別した。

譜代と二半場は家督《かとく》相続ができたが、抱入は一代かぎりであった。ゆえに退役と同時に御家人身分を失うはずだが、仕来りとして近親者がその職を継いだので、譜代、二半場となんら変わりはなかった。

輝信の父親輝左衛門《きざえもん》の跡を長兄の輝之助《きのすけ》が継いでおり、次兄は御家人暮らしを諦《あきら》めて内藤新宿《ないとうしんじゆく》の食売旅籠《めしもりはたご》の男衆《おとこし》をしていた。

ふらりと戻ってきた輝信を、隠居した父も跡目を継いだ輝之助も冷たい眼で迎えた。一人食い扶持が増えると、それだけ家計は苦しくなった。そのことを二人の眼が訴えていた。

御家人は、拝領屋敷の一部を賃貸ししてなにがしかの地代を得るほか、敷地で野菜や花を育て、紙縒《こより》細工、提灯《ちようちん》張り、筆造り、竹細工などの内職をして費《つい》えに当てた。

田丸家では母の菊野《きくの》が若い頃から青蓮院《しようれんいん》流の書を習っていたので、提灯に店の名を入れたり、書状の代筆をしたり、そして、書を教えたりして家計を支えていた。

輝信を温かい眼差《まなざ》しで迎えたのは、この母だけであった。

「どうなされた、小梅村でなんぞございましたか」

「母上、なにもございません。ただ」

「ただ、どうなされた」

「御家人も満足に食えませんが、剣術で身を立てるのもこのご時世、難しゅうございます」

「迷われたか」

「と申して、それがしには他に取り柄もございません」

「輝信、いくつになられた」

「二十八にございます。この歳から商人の奉公は無理にございましょう」

輝信の訴えを聞いた菊野は、

「近頃、書をなさっておられますか」

「いえ、小梅村では剣術一筋、時に磐音先生の代筆をなすくらいしか使い道がございません」

菊野は輝信に筆を渡した。無言で、文字を認《したた》めてみよ、と命じていた。

輝信は、なにを書こうかと迷った末に、小梅村の坂崎家の一家、住み込み門弟衆や奉公人の名を楷書《かいしょ》で認めていった。

その出来栄えを見ていた菊野は、よいとも悪いとも評価は下さず、

「気の済むまま屋敷におりなされ」

「父上や兄上が嫌がっておいでです」

「この家の生計《たつき》は、私の稼ぎで成り立っています」

と菊野が敢然と言い切り、

「そなた、次兄の次助《じすけ》と気が合いましたね。久しぶりに話し合うてみませんか」

と小遣いを二朱手渡した。

「今晩、この家に戻ってきてよいのですね」

「貧乏暮らしですが、ここはそなたの家です」

菊野が笑みを浮かべて輝信を送り出した。

四

七つ（午後四時）前の刻限、江戸四宿《ししゅく》の一つ内藤新宿は、甲州道中や青梅《おうめ》道中

を往来する旅人たちが旅籠を見つけはじめる刻限だった。

輝信の兄の次助が勤める旅籠は、二つの街道が分岐する新宿上町の表通りにある大久保屋《おおくぼや》甲右衛門《こうえもん》方だった。白粉《おしろい》を塗り紅を刷《は》いた食売女が、往来する客に手を振り、呼び込んでいた。

輝信は、二階建ての大久保屋を遠目に眺め、どうしたものかと迷っていた。

次助は、十代の半ばから侍に見切りをつけて、

「おれは金持ちになりたい。この世間を動かしているのは商人だ」

と一つ年下の輝信に常々洩らしていた。

「商人といってもいろいろあるぞ。なんの店だ、兄者」

「米、味噌《みそ》、醬油《しょうゆ》、酒の小売りなんて、どこもしみったれてやがる。おれは、銭が儲かるところがいい」

「銭が儲かる商いってなにか」

十四歳の輝信が訊くと、

「父上に告げ口するなよ」

「そんなことはせぬ」

次助も輝信も、ねちねちと口やかましい父が嫌いだった。

「おれはな、一夜千両の吉原みたいなところで奉公したい。吉原の客は女郎にもてようと見栄を張るところだ。大金が動くところには儲け口が必ずある」

十五歳の兄の言葉を、

「ふーん」

と聞き流した輝信だが、次助の考えを理解したとは言い難かった。いや、次助とて吉原がどんなところか知らなかったのだろう。

「輝信、おまえはどうする」

「おれは剣術で身を立てたい」

輝信の返答に次助が呆《あき》れたという顔で見返し、それでも、

「剣術なんぞ、もはや古臭い、時節に後《おく》れておるわ。だがな、おまえがどうしても剣術の道に進みたいというならば、剣道場の吉原を探すことだ」

「剣道場の吉原って、どんなところだ」

「吉原はお上が許しを与えた遊里だ。御免色里《ごめんいろさと》の吉原は、遊里の中の殿様なんだよ。だから、おまえも剣道のいちばん強いところで修行してよ、腕を磨け」

こんな会話を交わした二年後、次助は家出した。だが、三日後に戻ってきたとき父にねちねちと小言を言われ、家出の理由を何度も尋ねられたが、だれにも真

相は明かさなかった。

次に家出をする前の晩のこと、次助は輝信に言い残した。

「吉原で働くには男衆も身許《みもと》引受人がいるんだとよ。まかり間違っても父上が添え状なんぞ書くとも思えない。おれは内藤新宿の食売旅籠で働く。金を稼いで、女郎屋の主になる」

「母上にも言わないのか」

「輝信、一年過ぎておれが内藤新宿で頑張っていたら母上に話せ。そして、おれのことは忘れてくれ。田丸家の人間ではないと言い残して屋敷を出たと言うんだ」

二度目の家出を、次助は周到な仕度をしてやってのけた。母はおろおろしたが、父は、

「次助のことなど放っておけ。そのうち野良犬のように腹を減らして、またすぐに戻ってくるわ」

と言い放った。だが、そんな父の考えをよそに、次助は屋敷に戻ってこなかった。一年後、輝信は内藤新宿を訪ねて、もはや侍の面影などどこにも残っていない兄を探し当てた。

「兄者、金は儲かったか」

「輝信、たった一年だぞ。そうどこにでも銭は落ちてねえさ。だがな、輝信、おれは屋敷を出たことを悔いちゃあいない。必ず銭を貯めて店を持つ」

と何年も前から耳にしている言葉を繰り返した。その語調には一年の苦労が染みて、次助の覚悟が見えた。その兄が弟に質した。

「おい、輝信。おまえは剣で身を立てると言うておったな。その考えに変わりはないか」

輝信は首を縦に振った。

「ならば、神保小路《じんぼうこうじ》の直心影《じきしんかげ》流佐々木道場の門弟になれ。昔からお城近くの武家地で道場を開いて、直参旗本や大名家の家臣を教えている道場だ。なにより佐々木玲圓《れいえん》って道場主は、江戸で一、二を争う腕前だとよ。剣道場の吉原は、佐々木道場だぜ」

「兄者、うちは貧乏御家人だぞ。入門を許してくれようか」

「そこだ。佐々木道場はな、剣術を真面目《まじめ》にやろうという者を決して拒みはしねえ、分け隔《へだ》てなく受け入れるそうだ。だが、稽古は生半可じゃねえ、猛稽古らしいぜ」

「稽古が厳しいか」

「なんでもこれと定めたら頭を狙《ねら》え。おれは吉原には奉公できなかったが、この内藤新宿で頭を狙う、負けやしねえ」

「母上に兄者のことを話していいか」

しばらく思案した次助が頷き、

「輝信、勇気を持って、佐々木道場の門を叩《たた》いてみろ。神保小路なら御箪笥町からそう遠くはねえぜ」

「よし」

「この足で行く気か」

「いかぬか」

待て、と言った次助が明らかに食売女を抱えた旅籠に入っていき、すぐに戻ってきた。

「輝信、入門するには束脩《そくしゅう》が要るだろ。二朱しか渡せねえが、これで頭を下げて入門を願え。いったん道を決めたら、男は最後までやり通すんだ。なんでも十年でようやくその道が分かる。十年は頑張ってみるんだな、輝信。おれも十年身を粉にする」

輝信は兄の覚悟の言葉に圧倒された。そして、その足で神保小路の佐々木道場を訪ねてみた。凜《りん》とした気が漂う道場に気圧《けお》され、門前で立ち竦《すく》んでいると、門番が姿を見せて、

「どうしなさった。稽古がしたければ朝の間においでなされ」

と言った。

「稽古はもう終わったのですか」

「朝稽古は終わりました。夕稽古前の座禅を、住み込み門弟衆がなしておられるのです」

「見物してもよいですか」

「声を出してはなりませんぞ。そっと入ってな、皆に倣って座禅を組みなされ」

門番の言葉で、田丸輝信が佐々木道場の門を潜った最初の日となった。

あのときから十年以上の歳月が流れていた。

いや、道場に即刻入門が許されたわけではなかった。だが、稽古に来ることは拒まれなかった。

輝信は、次の朝から稽古着で神保小路に通い始めた。

だが、輝信と他の門弟との間には力の差がありすぎた。ために輝信は神保小路

に通ったり休んだり、いい加減な道場通いを続けていた。つまり正式な門弟のうちに数えられていなかった。

数月後のことだ。

同年配の辰平や利次郎が入門してきた。新しい入門者に負けじと奮起して心機一転、稽古に打ち込み始めた輝信も、佐々木道場の正式な門弟を許された。

次助が内藤新宿の食売旅籠の男衆を自ら望んだときから十余年、その間に三度、奉公先を変えたことを輝信は承知していた。

四軒目となる旅籠は、内藤新宿上町でもいちばん大きな店だった。それが大久保屋甲右衛門方だった。間口もそれなりに広く、女衆《おんなし》も大勢奉公していた。

輝信は次兄が内藤新宿の旅籠で男衆をしていることを尚武館の朋輩には言わなかった。恥ずかしいからではない。次助ほどの勇気と覚悟を持てない自分が嫌だったからだ。

次助が家出して三年後、長兄の輝之助が次助の居場所を見つけ、父に告げた。父と長兄とで話し合い、次助は田丸家から籍を抜かれ、勘当された。そのことを輝信から聞かされた次助は、

「親父らしいな。時折り兄者が、この内藤新宿に食売女を買いに来ることは知っ

ていたさ。そんな折りに、おれを見かけたんだろうよ。輝信、十年だ、食うや食わずの御家人を有難がって継いだ輝之助に、十年後を見てろよと言っておけ」

と言い切った。

「お兄さん、おいでなさいよ。ちょいと刻限は早いけど、口開けの客に選んであげるわ。ただし、遊び代の銭《ぜに》こは持っているんでしょうね」

年増女が大久保屋の店先から声をかけてきた。輝信は通りを横切ると、

「兄に会いに来た」

と言った。

「えっ、お客さんに呼ばれたの。居残りがいたっけ」

「客ではない。奉公人だ、次助という名だ」

「えっ、あんた、番頭さんの弟かい」

と女が驚くところに次助が姿を見せた。粋《いき》な唐桟《とうざん》に羽織を着ていた。

「おや、輝信か、珍しいな」

後ろから女が出てきた。しっかりとした顔立ちの女は食売女には見えなかった。大久保屋の嫁か、そんな態度であり、形《なり》だった。

「どなた、番頭さんの知り合い」

「お孝《たか》さん、弟だ」

「あら、尚武館道場の住み込み門弟さんではなかったかい」

と事情を知った様子のお孝と呼ばれた女が、

「奥に通る」

と次助に訊いた。

「多摩屋《たまや》との話し合いまでにはまだ半刻《はんとき》（一時間）ほど間がある。どこぞで弟と話そう。そのほうが弟も話し易そうだ。お孝さん、弟のことで相談があるときは話を聞いてくれませんか」

分かったというふうに頷いたお孝が、

「行ってらっしゃい」

と二人を送り出した。

次助が輝信を連れていったのは、大久保屋に程近い子安稲荷《こやすいなり》の境内《けいだい》にある茶店だ。

「どうした、輝信」

「兄者は十年頑張れば先が見えると言わなかったか」

「言ったな」

「兄者は目処《めど》がついたか」

輝信の詰問に次助が、縁台に座るよう促して自ら腰を下ろした。

「奉公人では銭儲けなんぞ叶いはしねえさ」

「ほれ、見ろ。十年やったってどうにもならなかったじゃないか」

「番頭と呼ばれる身分にはなったがな。おれのことはどうでもいい、輝信、なにを迷ってる。話してみな」

次助が言った。

輝信は尚武館の住み込み門弟を辞めたいと答え、今の心境を語った。

「十年やって目が出ないと思ったか。おい、輝信、尚武館の坂崎磐音って先生は、老中田沼様と大戦《おおいくさ》の真っ最中って聞いたがな。おまえも住み込み門弟なら、なぜ一緒に戦わねえ」

「おれがいようといまいと、田沼様との決着はつく」

次助はしばし沈思し、問うた。

「他になにかすることが見つかったのか」

「いや、ない。だから迷うておる」

「それで屋敷に戻り、母上におれに会いに行けと言われたか」

次助の問いに輝信は頷いた。

「おまえはこの十年余をどぶに捨てようってのか。かたちになったかならないかは、おまえが死ぬときに決まることだぜ。そんな中途半端な気持ちだから尚武館でも頼りにされねえのさ。おれはたしかにおまえに十年頑張れば先が見えると言ったがな、十年で見えたものは最初に考えてたのとは違うものかもしれねえぜ。おまえの十年をよ、坂崎先生は必ず見てくれてるはずだ。周りにもよ、おまえを気にかけてくれてる人が必ずいる。おまえはそのことに気付いてねえだけさ」

次助の言葉は自信に満ちていた。

「次助さん、ぼた餅《もち》だけど食べる」

茶店の女衆が茶とぼた餅を縁台に運んできた。

「ありがとうございます、女将《おかみ》さん」

この十年余、兄が内藤新宿でしっかりと根を張り、生きてきたことが輝信には分かった。

「輝信、今晩うちの店に泊まれ。久しぶりに兄弟で話をしようや」

「兄者、もういい」

「なに、おれの話にがっかりして愛想が尽きたか」

「そうではない。おれは兄者の話で戻るべき場所が小梅村と分かったのだ。この足で小梅村に戻る。母上には文を書く」

「母上のことは案ずるな。時折りおれに会いに内藤新宿にお見えになる。おまえが戻らなかったら明日にも店へ参られるさ」

「そうか。兄者は母上としばしば会うておったか」

　輝信は供されたぼた餅を食い、茶を喫《きっ》した。

「兄者、お孝さんとは何者じゃ」

「大久保屋の娘だがな、中野村《なかのむら》の名主の家に嫁に行ったが姑《しゅうとめ》と折り合いが悪くて出戻ってきたんだ。一年も前のことよ。つい先日大旦那《おおだんな》から、娘と所帯を持ってあの店を継がねえかと打診された。母上も承知の話だ」

「旅籠の男衆になって十年余、内藤新宿の旅籠に婿入りするか。これは出世じゃぞ、兄者」

「輝信、銭儲け銭儲けと考えて働いているうちによ、旦那に頼りにされるようになり、出戻りだが、十三、四の時から承知のお孝さんと所帯を持つ。おまえがどう思うか知らねえが、おれが手を抜かずに働く姿を見ていてくれた人がいたってことよ。それとな、母上にも感謝してる」

「母上にとは、どういうことだ」

「母上が青蓮院流の書をおれにもおまえにも教え込んでくれたお蔭で、男衆のだれよりも早くから目をかけてもらえた。読み書きができたお蔭でよ、内藤新宿の旦那衆からも一目置かれるようになった」

「そして、お孝さんとも所帯が持てる」

「そういうことだ」

「もう一度坂崎先生に願うてやり直す。兄者が言うように、今小梅村を離れたら、おれは死ぬとき、後悔することになる」

「輝信、相手は天下の老中だぜ。そんなお人をよ、向こうに回して坂崎先生は孤軍奮闘戦っておられるんだ。江戸じゅうがその結末を見てるんだぜ。そんな大舞台から降りるなんて馬鹿な話があるもんか」

「そうだったな」

「輝信、己のことは忘れてよ、坂崎磐音先生の捨石《すていし》になれ。それができれば、田丸輝信も一人前だ」

「分かった」

輝信は縁台から立ち上がった。

輝信が小梅村に戻ってきたのは、夕餉が終わった刻限だった。母屋に向かった輝信は、磐音とおこんに平伏して詫《わ》びた。

「どうしたの、輝信さん」

おこんの声がした。

「惑いました」

と前置きした輝信は、小梅村の尚武館を出た心の迷いから、戻ることになった兄との会話まで、すべてを告げた。

話を聞き終えた磐音が、

「そなたの迷いに気付かなかったそれがしが責めを負うべきことにござった。それをそなたの兄御に救われた。輝信どの、そなた、立派な母御と兄御をお持ちじゃな」

「はい」

輝信が素直にも頷いた。

「輝信さん、夕餉が未だでしょ。台所に膳《ぜん》の仕度をしてくれた人が待っておられますよ」

「はあ」

輝信が訝しげな顔をした。

「さあ、行きなさい。あなたの兄上はものの道理がお分かりの御仁です」

おこんの言葉に首を捻った輝信が台所に行くと、味噌汁を温めていた早苗が、

「お帰りなさい」

と迎えてくれた。

無言で早苗を見ていた輝信が、

「それがしが戻るべき家はここしかなかった」

と応えていた。

第二章　八朔の雪

一

八月朔日《ついたち》は、徳川家康が江戸入りした祝い日とされ、武家方はいつの頃からか白帷子《しろかたびら》で登城した。その仕来りに倣ったか、吉原の遊女は白無垢《しろむく》を着て、客を迎えた。この慣習が始まったのは元禄《げんろく》時代（一六八八～一七〇四）といわれ、一説には高橋なる太夫が病を患っていたものの、馴染み客の座敷に出た折りに、白無垢姿で揚屋《あげや》まで迎えに出たその姿がなんとも、

「妖艶《ようえん》にして清楚」

であったことが評判になり、次の年の八朔《はっさく》からすべての遊女が白無垢姿で客を迎えたという。

この白帷子の登城姿、そして、吉原の白小袖《こそで》の慣わしの大紋日《だいもんび》をいつしか、

「八朔の雪」

と呼ぶようになったとか。

そんな八月朔日に金龍山浅草寺《きんりゆうざんせんそうじ》の門前に最上紅《もがみべに》を扱う、その名も、

「最上紅前田屋《まえだや》」

が新しく店開きしようとしていた。

間口は三間、奥行き八間半ほどの店と住まいで、決して広くはない。

前田屋の屋号が示すように、二年余前、江戸に戻ってきた前田屋奈緒が店開きした紅屋だった。

旦那だった前田屋内蔵助は最上紅を扱う紅花問屋、お大尽《だいじん》と呼ばれた人物であった。だが、馬に蹴られた奇禍《きか》が因《もと》で寝込み、奈緒が看病に専念する間に店の奉公人らの裏切りに遭《あ》った。主夫婦の目が届かないことをいいことに、店を食い荒らして前田屋は潰《つぶ》された。それればかりか、内蔵助が亡くなったあと、多大な借財まで奈緒の名で残されたのだ。

そんな奈緒の不遇を山形城下の紅花農家の人々が助け、また女衒《ぜげん》の一八が吉原で一世を風靡《ふうび》した白鶴太夫こと奈緒を手助けして借金取りから匿《かくま》った。さらに、

磐音の気持ちを酌んだ弥助が山形に駆けつけ、霧子もまた磐音の許しを得て師匠弥助の元へと走って、奈緒一家をなんとか山形から江戸へ連れ出す算段をつけた。

奈緒と三人の子を江戸まで無事連れ戻せた決め手は、今津屋の老分番頭由蔵の知恵であった。

出羽国山形藩の江戸藩邸の江戸家老薄田《すすきだ》耶右衛門《やえもん》に会い、残された前田屋の一家の苦衷を助けるよう願ったのである。

秋元家では参勤交代のたびに今津屋からその費えを借りていた。ゆえに今津屋の大番頭の願いを聞かないわけにはいかなかった。その上、最上の紅花農家、紅花商人、京の紅花問屋が契った、

「紅花文書《もんじょ》」

も絡み、秋元家では由蔵の言い分を受け入れた。

なんと藩主秋元永朝《つねとも》の参勤上番の行列に奈緒一家四人と弥助、霧子、一八を加えて千住宿まで無事に送り届けたのだ。

千住宿には、磐音と空也が待ち受けていた。

いや、千住大橋の船着場には、山形から江戸への脱出を支えた今津屋の由蔵、吉原会所の頭取四郎兵衛《かしらしろべえ》、さらには妓楼丁子屋《ぎろうちょうじや》の宇右衛門《うえもん》らも出迎えていた。宇

右衛門は白鶴太夫の元抱え主であった。

奈緒にとっては予想もしない驚きの出来事であった。そして、なにより奈緒を驚愕《きょうがく》させたのは、睦月の手を引いたおこんの姿があって、

「よう江戸に戻られました」

とにこやかに出迎えたことだった。

奈緒は、磐音の女房おこんが今津屋の奥向きの女中を務めていたことは承知でも、顔を合わせたことはなかった。だが、幼い娘の手を握った女子がだれかすぐに分かった。

「おこん様」

奈緒はようやくおこんの名を口にした。だが、その先の言葉が出なかった。身が震えて言葉にならなかった。そんな奈緒をおこんは、黙って両腕に抱き留めた。

奈緒とおこん、磐音を通じて運命の糸に結ばれた女二人であった。

奈緒は磐音の幼馴染みであり、許婚として、磐音らが江戸から豊後関前に帰国した翌々日、祝言を挙げることが決まっていた。

明和《めいわ》九年（一七七二）四月下旬のことだった。

だが、関前藩のお家騒動が二人の仲を引き裂いたばかりか、別々の道を歩く

いまい。
もはや磐音と奈緒の、十年以上にも及ぶ長大な道のりを説明することもあるま
運命《さだめ》を負わせた。

直心影流佐々木道場に磐音が養子に入り、おこんと祝言を挙げたことも、磐音が道場の跡継ぎになったことなども風の便りに聞いていた。

奈緒はこれまでおこんに会ったことはないと思っていた。

だがおこんは、由蔵とともに白鶴の吉原入りを浅草橋《あさくさばし》の際から眺めていた。だが、その顔は白塗りに紅を刷いたもので素顔ではなかった。

二人の女は抱き合った瞬間、縺《もつ》れ合った赤い糸が一本に結び合わされたような気がした。その赤い糸を染めたのは紅花だと、瞼《まぶた》を潤ませながら奈緒は思った。


磐音らは、小梅村の尚武館近くに小体《こてい》な家を借り受けて奈緒一家の到来を待ち受けていたばかりか、なんと紅染や本所篠之助《ほんじょしののすけ》を奈緒の相談相手に選んでいた。

もはや奈緒は、山形城下で紅花大尽前田屋内蔵助の内儀であったことも、内蔵助の死後、覚えのない借財を背負い、借金取りから逃げ隠れしていた苦難の時節も忘れ、江戸の暮らしに馴染んでいくことになった。

千住大橋まで出迎えに来てくれた馴染みの顔を見たとき、奈緒は、決してひとりではないのだと思った。その上、まさか江戸で紅花に携わることができるとは思いもよらなかった。

いや、西国関前城下に生まれ育った奈緒がお家騒動のあと、自ら遊里に身を落とし、諸国の妓楼を転々とした末に江戸吉原に辿《たど》り着いたのが、

「夢」

ならば、前田屋内蔵助に身請《みう》けされ、出羽国山形に嫁いだのも、

「夢」

の一齣《ひとこま》だと思った。おこんに、

「よう江戸に戻られました」

と挨拶を受けたとき、奈緒は「夢」が覚めたのだと思った。そして、一家の落ち着き先が江戸だと直感した。その江戸で、暮らしを立てるためになにをなすべきか考えがつかない奈緒の前に、一本の道が用意されていたのだ。

紅花に携わる仕事ができるならば、これまでの半生も無駄ではなかった。いや、無駄にしてはいけないと思った。吉原で太夫と呼ばれた歳月は遠い彼方に過ぎ去った。だが、奈緒の苦しかった日々を支えてくれた女衒の一八の背後には、吉原

会所の四郎兵衛や丁子屋の旦那方がいたのだ。白鶴太夫の歳月があったからこそ、こうして助けてくれる人々がいた。そのことを奈緒は忘れてはならないと思った。

奈緒は、物心ついた地が関前城下なら、流転の末に辿り着いた吉原の日々も、

「私の一部、過ぎし日」

なのだと悟った。

磐音たちはすべてを承知で小梅村に一家の住まいを用意し、

「奈緒、そなたの気持ちが落ち着いた折りに会わせたい親方がおる。そなたのことは知らずとも前田屋が扱った紅餅《べにもち》を使って紅染めや組紐《くみひも》造りをなさってこられた親方だ」

と奈緒に江戸での暮らしを指し示したのだ。

小梅村に落ち着いた数日後、磐音は、奈緒とおこんを伴い、下総関宿《せきやど》藩久世《くぜ》家下屋敷の湧水池《ゆうすいいけ》から流れ出る仙台堀《せんだいほり》の河岸道《かしみち》沿いを歩いていた。三代にわたって紅染めを生業《なりわい》としてきた本所篠之助の工房へと案内するためだ。

「ああ、懐かしい」

清い流れを見たおこんが叫んだ。

「死んだおっ母さんと雪が降りそうな真冬の寒い日、紅染めした糸を水に晒《さら》している職人衆の仕事を眺めたことがあるの。絹糸がつややかな黄色に染まっていたわ」

「おこん様、紅花は山形の暑い夏に収穫し、雪が積もる厳寒に染めるものです。まさか江戸でかようなことが行われていようとは存じませんでした」

奈緒も驚いた。

「おや、坂崎様、おこんさん、客人を連れて参られましたな」

篠之助が三人を出迎えてくれた。

「親方、山形の前田屋の内儀、奈緒どのを連れて参った」

磐音が口を開くと篠之助が、

「わっしら、前田屋さんの紅花がなければ、この江戸の、深川の一角で仕事は続けてこられませんでしたよ。わっしらは最上紅を通じて山形に、前田屋様に恩義がございます」

と奈緒に応じたのだ。

ここにも前田屋内蔵助の仕事を知る人がいると、奈緒は感激に身を震わせた。

「驚きました」

正直な気持ちを奈緒が口にした。

「紅花の染めも女衆の紅《くれない》も、それに薬の紅花《こうか》も京が本場にございます。ですがね、江戸にもこうして紅花を扱う職人はいて、代々仕事を続けてきたのでございますよ。奈緒様、わっしらでなんぞ役に立つことがございましたら仰《おっしゃ》ってくだせえな。手伝うことがあれば、そうせよと坂崎様に申し付かっておりますので」

と笑った。

奈緒は磐音を見た。知らんふりをしていたが、すべては磐音が奈緒のためにお膳立てしてくれたのだ、と確信した。

「親方、私はなんと皆様の親切なお気持ちを知らずして生きてきたのかと、恥ずかしいかぎりでございます」

と奈緒が呟き、

「親方、このところ紅花に接する気持ちの余裕がございませんでした。山形を発《た》つときに眺めた紅花畑が、私の見る最後の景色と目に焼き付けて参りました。子らにも、『そなたたちの親父様が関わりを持たれた畑です。よう心に刻みなされ』と言い聞かせて山形を出て参りました。江戸で最上紅に再会するなど、ただただ驚きです。親方、染めを見せていただけませんか」

と染め場を見たいと願った。

そのとき、篠之助が奈緒の手を見て、

「今年の紅花《はな》を摘んでこられましたか」

と尋ねた。すると奈緒が慌てて手を隠そうとしたが、諦めたように両手を重ねた。

「坂崎様、おこんさん、紅花の葉は茎に対して曲がりながらついておりましてね、その葉のふちには、ぎざぎざと尖った棘《とげ》があるんでございますよ。ために紅花の摘み取りは朝の間に行います。朝露の残る刻限ならば、棘も少しは柔らかいですからね。でも棘に変わりはございません。紅花摘みをする女衆の手は、棘で傷だらけになるんでございますよ。前田屋のお内儀が紅花摘みをなさっていたなんて、想像もしませんでしたよ」

「親方、亭主を亡くした後、事情がございまして紅花農家を転々としておりました。世話になった家で手伝うのは当たり前のことです」

奈緒が両手を磐音らの前に晒した。

おこんは奈緒の荒れた手のことは承知していたが、まさか紅花摘みで傷ついたものとは考えもしなかった。

「おこん様、紅花の赤は、紅花摘みをする女衆が流す血の色だと、最上では言われております」

奈緒の言葉をその場の者たちが胸に刻み付けた。そして、奈緒の山形での来《こ》し方《かた》が決して安楽なものだけではなかったことを察した。

天明四年（一七八四）六月のことだった。

あの時から二年余の歳月が過ぎていた。

いや、その前に磐音たちが驚かされたことがあった。

小梅村に落ち着くと、奈緒は仙台堀沿い、伊勢崎町《いせざきちょう》の本所篠之助方に二日に一度通うようになった。

磐音のお節介を快く受け止めた奈緒は、

「篠之助親方について、紅花の染めを学びとうございます」

と願った。

そんなわけで小梅村から奈緒の伊勢崎町通いが始まっていた。奈緒が留守の間、亀之助、鶴次郎、お紅は尚武館に来て、空也や睦月と過ごすことになった。亀之助ら三人も大店《おおだな》の前田屋で育った子供たちだ。すぐに尚武館が敷地にある坂崎家に慣れ、金兵衛は、

「えっ、わしの孫が急に二人から五人になっちまったよ。こりゃ、どてらの金兵衛だけじゃ手に負えないぜ、おこん」

とぼやいてみせたが、顔は笑みに崩れていた。

亀之助は空也より一歳上だが、体は空也のほうが大きくがっしりとしていた。そのために五人の年長は空也に見えた。お紅は睦月より一つ上だが、小梅村育ちの睦月と山形訛《なま》りで飽きずにお喋《しゃべ》りをしていた。

奈緒が本所篠之助方に通い始めてひと月も過ぎた頃、篠之助が初めて小梅村を訪れた。

昼下がりの刻限で、奈緒は篠之助の工房にいる刻限だった。

母屋で対面した磬音は、篠之助がなにか相談があって訪ねてきたのだと感じた。

庭先では空也が木刀の素振りを繰り返していた。亀之助と鶴次郎も空也を真似て木刀の素振りをしたが、

「空也さん、木刀を振り回して面白いか」

と山形訛りで空也に質した。どうやら兄弟ともに剣術の稽古は苦手のようだった。

「私は父上の跡を継がねばなりません。今から稽古を積んでおかねば間に合いま

せん」

「ならば、道場で稽古をすればよかろうが」

と鶴次郎が空也に言った。

「鶴次郎さん、私はまだ体も小さいので、道場での稽古は門弟衆のじゃまになるだけです。あと数年この庭先で稽古を積んで、一日も早く父上のお許しを得て道場に入るのです」

「ふーん、侍もたいへんだ」

亀之助が言い、以来、空也の独り稽古を見物する側に回った。

空也の素振りを子供四人と金兵衛が縁側から眺めている。

「親方、相談事は奈緒のことにござるか」

となかなか切り出さない篠之助に、おこんが茶菓を運んできた折りに磐音から質してみた。

「へえ、そうなんで」

「奈緒が前田屋の内儀であった歳月はおよそ十年、内蔵助どのが怪我《けが》に倒れられてからは苦労のし通しであったと推測はつく。それ以前は大店の内儀、紅花を扱うとはいえ、紅花のことを知ることはなかったであろう。ゆえにそれがしが勝手に親方のもとに奈緒を預けてしもうたが、他の職人衆の手前、親方に迷惑をかけているのではござらぬか。ならば、忌憚《きたん》なく話してもらいたい。得心いたさば、奈緒の伊勢崎町通いはやめさせよう」

磐音の言葉に、おこんだけではなく金兵衛までもが緊張して、篠之助親方の答えに聞き耳を立てた。

篠之助は、茶碗《ちゃわん》を手にしていたが一服して磐音を、次いでおこんを見た。むろん金兵衛のことも熟知している深川生まれの間柄だ。篠之助の沈黙を磐音らは、

「困った末の相談」

だと察していた。

「坂崎様、早とちりなすっちゃあいけません」

「それがしが早とちりをしたと言われるか。そなたのところに奈緒が入り、いささか迷惑しておるのではござらぬか」

「真反対にございますよ。奈緒様は川向こうで伊達《だて》に太夫を張ったお方ではございませんや。どんなところでも頂きに立つのは容易なこっちゃねえ。前田屋の亡くなられた旦那様は奈緒様の才を承知で山形にお連れになったのでございますよ。坂崎様は、奈緒様が紅花のことをなにも承知でないゆえ、わっしらに迷惑をかけ

ておるとお考えになったのでございますな」

「勘違いでござったか」

「へえ、わっしらのほうこそ、奈緒様から紅花のことを教えられております。奈緒様は、紅花の種蒔《たねま》きから栽培、間引《まび》き、水やり、追肥《ついひ》、土寄せ、紅花摘み、紅餅造り、乱花《らんか》、染め、商いまでなんでも身をもって覚えておられます。わっしが奈緒様に教えることなどほとんどありません。あと半年もすれば、この篠之助が奈緒様から教わることになります」

篠之助の言葉に磐音ら三人は沈黙した。

長い沈黙を破ったのは、篠之助だった。

「わっしが奈緒様の物知りぶりに驚きますとね、奈緒様はこう申されましたんで……」

「親方、坂崎磐音様のお変わりぶりに比べれば私の知恵など大したことはございません。藩騒動に巻き込まれた坂崎様は、上意討ちの命を受け、わが兄を斃《たお》されました。その責めを一身に負い、中老の嫡子の身を捨てて、藩を抜けられたのでございます。このご時世、江戸で浪人がいかに苦労を強いられるか、私は承知しております。それが坂崎様は剣の道に邁進《まいしん》され、佐々木道場の後継に、さらには西の丸家基様の剣術指南にまで上り詰められました。かようなことは、江戸のお方ならとくと承知のことでございましょうね。この数年は、老中田沼意次様と決死の戦いを続けておられると聞きました。それが真のことかどうかは存じませんが、小梅村の暮らしぶりを見て、剣術家坂崎磐音様の大きさを改めて思い知らされました。親方は承知かどうか、私は坂崎様の許婚にございましたが、私には坂崎磐音様の伴侶は務まりませんでした。おこん様がおられて、ただ今の坂崎磐音様があるのです。そんな坂崎様に比べれば、私の来し方などなにほどのものでもございません」

「……奈緒様の言葉は謙遜にございます。わっしは女の弟子を取って組紐造りでも覚えさせようかぐらいに考えておりました。だが、奈緒様はその程度の器じゃございませんよ」

篠之助が言い切った。

この本所篠之助の言葉を受けて、磐音は、山形藩江戸家老、今津屋吉右衛門《きちえもん》、吉原会所の頭取四郎兵衛、旧主丁子屋宇右衛門らに相談し、奈緒の江戸での商いを考えてきた。それが天明六年仲秋《ちゆうしゆう》に結実しようとしていた。

二

八月朔日の四つ半（午前十一時）に浅草寺門前町に一軒の店が新しく開業した。最上紅前田屋だ。

間口三間の大きくもない店に紅花で染められた暖簾《のれん》が掛かり、仲秋の陽射《ひざ》しに艶《あで》やかな気品を見せていた。黄染めと紅の重ね染めをした、

「朱華《はねず》」

と呼ばれる、朱と黄色の中間の淡い色合いだ。

朱華の暖簾の下部には組紐が飾られ、風に靡《なび》かないような工夫がされていた。奈緒の親方であった本所篠之助が染めて組み上げた祝いの品だ。店開きの日のために格別に染めた暖簾だった。そして、秋晴れの空のもと、この家の二階の物干し場には竹棹《たけざお》が立てられ、紅屋を示す幟《のぼり》がはためいていた。これは奈緒が自ら八たび染めを繰り返した、渾身の濃紅《こきくれない》に仕上げたものだった。

店の前は女衆《おんなし》によって朝からきれいに掃き掃除がなされていた。おこん、霧子、

早苗の三人である。二年前、絵師北尾《きたお》重政《しげまさ》が描いた錦絵『尚武館夏景色六態』に描かれた五人の女のうちの三人で、江戸を賑わした女衆だった。

おこんは言うに及ばず、豊後関前藩江戸藩邸詰の家臣重富利次郎の女房になっていた霧子も藩邸に断り、利次郎の許しを得て、奈緒の店の手伝いに駆けつけたのだ。店の奥には、早苗の妹秋世《あきよ》が戸惑いながらも開店前の品出しを手伝う姿があった。

きれいに掃除がなったところに、祝いの酒樽が吉原から届いた。さらには奈緒の旧主だった丁子屋宇右衛門、白鶴太夫時代の上客だった蔵前の札差伊勢喜半右衛門《ふださしいせきはんえもん》、江戸の両替商いを束ねる両替屋行司《ぎょうじ》の今津屋吉右衛門、魚河岸の旦那衆と名だたる豪商たちが祝いの四斗樽《しとだる》や花輪を贈った。

店開けいちばんの客は、なんと奈緒の生家小林家が家臣であった豊後関前藩の江戸藩邸留守居役《るすいやく》で、江戸家老の代役も務める中居半蔵、藩物産所の米内作左衛門《よないさくざえもん》らであった。だが、中居も思案したと見えて、藩邸の行儀見習いの女中衆を何人か伴っていた。

「奈緒どの、祝着至極《しゆうじやくしごく》にござる。殿もな、そなたが江戸で紅屋を開いたことを大層喜んでおられる」

と半蔵が店の飾りを見て回り、

「なに、これが紅花で染めた反物か。なんとも美しいものでござるな」

といささか安直な感想を述べ、

「中居様、新規の店の口開けに、国許《くにもと》のお内儀様か、江戸に密かに囲っておられる女衆にご祝儀買いしてくださいませ」

とおこんに願われた。

「おこんさん、誤解を招く言葉はいかんぞ。それがし、江戸に妾《めかけ》を囲うほど甲斐《かい》性《しょう》はない。そなたの亭主同様、朴念仁《ぼくねんじん》でな。とはいえ、国表《くにおもて》の女房はもはやよい歳じゃ。奈緒どのの染められた紅絣《べにがすり》はいささか不釣合いではないか」

と半蔵はなにごとか考え、同道してきた屋敷の女中衆に、

「関前藩と関わりのあった前田屋奈緒どのの新たなる船出の日である。そなたら、なんぞ祝いに購《あがの》うてよいぞ。本日は格別にこの中居半蔵が、いや、関前藩物産所の金子《きんす》で支払うでな」

と普段では考えられない鷹揚《おうよう》な態度で言った。武家奉公の女中衆が、
えっ
と驚いて半蔵を見ていたが、冗談ではないと判断したらしく、わあっと歓声を

上げて、品選びを始めた。

店の壁には奈緒が絹地に最上の紅花畑の光景を織り込んだ掛け物があって人目を惹《ひ》き付け、さらに紅花の種蒔きから紅花摘みまでの作業の風景が描かれた絵が客を楽しませた。そして、なんといっても何段にも重ねられた紅餅が客の目を惹いた。

「紅一匁《もんめ》金一匁」

と言われた最上紅花が積み上げられた光景は豪奢《ごうしゃ》だった。

その間には紅染めの衣装や帯締め、紅猪口《べにちょく》などが飾られていた。

浅草寺門前の広小路に店を選んだのは奈緒だ。

今津屋の老分由蔵は、奈緒に紅花の店を開かせたいとの相談を磐音から受けたときから、江戸のあちらこちらに目を配っていた。紅染め反物や化粧品は決して安いものではない。ゆえに日本橋界隈《かいわい》に店を持つ紅屋が多かった。だが、奈緒は、

「浅草寺は吉原に近うございます。遊女衆はじかに店に来ることができませんが、私のほうから担ぎ商いに出向きます。吉原に恩返しがしとうございます」

と言い、浅草界隈でのお店探しが始まった。

浅草寺門前の古着屋が店を閉めると聞きつけた由蔵は、その店を今津屋がひと

まず買い取り、改築をしたのだ。間口三間奥行き八間半、二階屋で奈緒一家四人が暮らすことができた。

店開きはすべて由蔵がお膳立てした。むろん磐音から話を受けてのことだ。紅染やの本所篠之助から、奈緒の紅花に対する知識、さらには染織の技量の高さを聞いたとき、磐音も驚いた。

「奈緒がすでにそのような」

「へえ、江戸の紅花の事情を承知なされば、もはやうちで修業する要はございません。それに奈緒様は吉原で松の位の太夫を務められたほどのお方です。紅をすでに熟知しておられ、その上、紅を通して吉原に恩返しができればという夢を持っておられます」

篠之助のこの言葉を受けた磐音は由蔵に相談した。由蔵は、

「奈緒様がさような技量を持ち、吉原の前歴を隠すことなどないと考えておられるのならば、江戸いちばんの紅屋の商いをなさることです。とはいえ、奈緒様は、吉原に囲われていた身、江戸をご存じではございますまい。しばらくは、篠之助親方のもとで江戸の紅染めのやり方やら組紐造りを覚えながら、江戸事情をお知りになることです」

とたちまち道筋を磐音に告げたものだ。

磐音は、このことをすぐに奈緒には伝えなかった。奈緒が江戸に馴染む様子を観察してきたのだ。そのようなわけで浅草寺門前に女主の紅屋、最上紅前田屋が誕生した。


「中居様、なんぞ魂胆が浮かんだようでございますね」

思案する半蔵におこんが質した。

「うーむ、紅花で染められたものがこれほど美しゅうて値が張るものとは思わなんだ。藩物産所に長年関わりを持ち、関前と江戸を結んであれこれと商いをさせてもろうたが、紅花染めの手があるとは思わなんだ」

「中居様、本日は前田屋奈緒様、お祝いの店開きにございます。藩物産所のことはいったんお忘れになって、奈緒様が造られた組紐の一つも身銭を切って購うてくださいませ」

「おこんさん、そなた、剣術家の女房にしては、なかなか商い上手じゃな」

半蔵が思わず感嘆した。

「お忘れですか。今津屋の奉公人であったこんを」

「そうであったな。だが、ただ今は坂崎磐音の女房どのだ。もっとも、そなたの亭主が一番の曲者《くせもの》じゃがな」

「おや、わが亭主は曲者にございますか」

「わが関前藩の財政を立て直し、藩物産所を思案したのもそなたの亭主どのじゃ。あやつ、剣術家で一家をなしたが、商人ならば、ほれ、そこに祝い樽を贈ってきた今津屋や伊勢喜の向こうを張って大商人になったやもしれぬぞ」

　半蔵がおこんに言った。

　そこに先ほどから座を外していた奈緒が、紅花染めの絵絣《えがすり》を着て再び姿を見せた。

　その姿は、江戸小紋を着た武家の女房然としたおこんと対をなし、端正で凛然《りんぜん》とした二人の女の姿は往来の人々を驚かせた。

「おい、前田屋の女主か」

「おうさ、おめえ、知らないのか。前田屋の女主の出自は武家だがな、曰《いわ》くがあって吉原に身売りされ、一世を風靡した白鶴太夫だよ」

「そいつは知っているがよ。いくら松の位の太夫を務めた女子でも、昔の吉原勤めを口にしていいのかえ」

「それがよ、こちらの女主は、『私の前身を隠す気持ちはさらさらございません。私が生きてきた証《あかし》にございます』と言うてな、なんの隠しごともしねえとよ」

「紅花大尽の前田屋に落籍《ひか》された話もいいのか」

「おうさ、前田屋内蔵助様に身請けされて出羽国山形に縁ができたゆえ、この店を持つことができましたと口にしているそうだぜ」

「ほう、なかなか言えるこっちゃないやね」

と通りがかりの男衆《おとこし》が噂する中を、出羽国山形藩秋元家の留守居役が奥女中衆を引き連れて、祝いに駆けつけた。紅を扱う店が開業したにしては、なんとも客筋が変わっていた。

　奈緒は秋元家の奥女中衆に、紅花畑に紅花が咲く光景などを語って聞かせるなど、巧みな応対で迎え入れた。吉原の太夫、紅花大尽の内儀であった来し方をさらけ出しての紅屋の開店は賑やかだが、いささか武骨な祝い客で始まった。


　その頃、対岸の小梅村では朝稽古を終えた磐音が母屋に戻ると、金兵衛と武左衛門が稽古着姿の空也ら五人の子供を遊ばせていた。空也は磐音が来るのを待ちながら、お紅と睦月に折り紙を教えていた。

「舅どの、孫の世話、ご苦労に存じます」

「いや、おこんらがいるといないとでは、えらい違いだな。八つを頭《かしら》に五人の子がおると賑やかだぞ。武左衛門さんや、早苗さん方が小さかった頃を思い出すんじゃねえのかい」

「どてらの金兵衛め、半欠け長屋の騒ぎを思い出させおったわ。うちは四人でこちらと比べれば一人足りぬが、聞き分けがないことでは天下一品であったぞ。それに比べると、おこんさんの子も奈緒さんの子も大人しいものだ。そう思わぬか、磐音先生よ」

「早苗どのも年頃になられました。二年前、北尾重政どのが尚武館の女衆を描いたお蔭で、早苗どのにもだいぶ付け文が届きましたな」

「なに、付け文などがきたか。親のわしも知らぬことだ。まさか早苗、さような付け文にちゃらちゃらと返書を書き送ったりしておるまいな」

「それはございますまい。おこんがしっかりと見守っておりますからな」

「そうだ、ずいぶん前から話そうと思うて忘れておった」

武左衛門がなにかを思い出したように言い出した。

「なんだえ、武左衛門の旦那」

「早苗の姿が見えぬで言うがな、あの錦絵な、大変な数を刷り増しして蔦屋重三郎《つたやじゅうざぶろう》はだいぶ儲かったというではないか。そなたら、絵に描かれた尚武館の五人がおったゆえ、蔦重もあの絵師もひと稼ぎできたのだ。うちにはなんの礼もなかったぞ。こちらにはそれなりの謝礼が届いておろう。早苗がおらぬときしか、かような話は持ち出せぬ。どうじゃ、磐音先生、少しばかり都合をつけてくれぬか」

「呆れた」

と金兵衛が武左衛門を見て、

「早苗さんの前では言い難いやな」

「頭ごなしに怒鳴られよう。近頃早苗め、とみに勢津《せつ》とものの言い方が似てきおった」

「武左衛門どの、われら、だれも金品を貰《もろ》うてはおりませせぬ」

「蔦重からもか」

「はい」

「絵師の北尾《しゅこう》某《なにがし》からもか」

磐音は首肯した。

だが、いささか真相は異なっていた。

蔦重は、『尚武館夏景色六態』が予想以上に売れたとかで、一人五両ずつの礼金を持参した。むろん尚武館で勝負に魘れた卜部《うらべ》ひなに五両を支払う気は蔦重にもない。

磐音はおこんの顔を見て、

「うちは気持ちだけ頂戴《ちょうだい》しよう。それでよかろう、おこん」

と一応おこんに訊いた。頷いたおこんが、茶菓を運んできたお杏に事情を説明すると、お杏は思いがけない申し出に首を横に振った。

「そうよね、お杏さんの家は西国一の分限者《ぶげんしゃ》ですものね。それに辰平さんもどう思うかしら」

と言い、お杏も断った。

「困ったな」

袱紗《ふくさ》に包んだ包金を蔦重が見た。

「蔦屋どの、やはりお気持ち頂戴いたす。ただし十両にしてもらおう」

と磐音が変心するように言った。

「十両だけとはどういうことです」

「ここだけの話にしてもらえぬか、蔦屋どの。早苗どのと霧子の分は、嫁入り仕度としてうちが預かっておきとうござる。嫁入りの折り、二人に持たせます。そうさせてはもらえまいか。十両の預かり状は今認《したた》め申す」

　磐音の言葉に蔦重が笑い出した。

「さすが尚武館の磐音先生ですね、お考えになることが」

「いささか細こうござるか」

「いえ、霧子さんと早苗さんのことを考えておられると思いましてな。わっしもこちらに受け取ってもらおうと持参した包金だ。受け取りは要りませんや。このままお二人の嫁入り仕度の足しにしてくだせえ」

　と蔦重が磐音に差し出した。ゆえに磐音は、蔦重から二十五両の礼金を受け取っていた。

　霧子が利次郎と祝言を挙げる前の晩、磐音とおこんは、親代わりの弥助と霧子を呼んで事情を話し、蔦重から預かっていた二十五両の半金、十二両二分に十七両二分を加えて三十両にして、利次郎との祝言の祝い金として受け取るよう渡した。霧子は、

「私だけ蔦屋さんから頂戴したのですか」

「いえ、私たちも頂戴したの。これまで預かってきたのは霧子さんと早苗さんの

分だけよ」

おこんが言い添えた。霧子はおこんの嘘《うそ》を見抜いたようになにか言いかけたが、弥助がそれを制し、

「霧子、有難く頂戴しないか。親のわっしに代わって磐音先生とおこん様が心遣いしてくださったんだ。わっしに恥をかかせるな。わっしに孫が生まれたとき、祝い着でも購う費《つい》えにすればいい」

と霧子に受け取らせた。だが、早苗の金子は、未だおこんが預かったままだ。

そのことをおこんは勢津に告げていたが、それを聞いた勢津は、

「おこん様、その金子、うちの人には内緒に願えますか。早苗にそんな金子があると知ったら、うちの人のことです、毎日でもこちらに催促に参ることでしょう。早苗が根負けして父親に渡しかねません。となれば、亭主の酒代に消えてお二人の心遣いが無駄になります」

と言い切ったのだ。

「磐音先生よ、蔦重はあの錦絵で店を増築し、北尾重政は借金を返した上に懐に余裕ができたというではないか。二人だけが儲けて、絵に描かれた者たちになに

も礼がないのはおかしい。わしが蔦重に掛け合いに行こうか」

と言い出した。

「武左衛門さんよ、二年前の話だぜ。うちの婿どのの面目《めんぼく》をつぶすような真似をしちゃあならねえよ。早苗さんの立場もないや。そう思わねえか」

と金兵衛に諭され、ようやく武左衛門も矛《ほこ》を収めた。

「兄上、腹が空《す》いた」

鶴次郎が言い出した。

いつしか刻限は九つ（正午）近くになっていた。

「紅も空いた」

お紅も言い出した。

「空也、本日は昼餉《ひるげ》を先にして稽古はそのあとにいたそうか」

と磐音が言ったとき、尚武館の方角から辰之助や右近らが、

「わっしょいわっしょい」

と言いながら大風呂敷に包まれたものを運んできた。そのあとを弥助、平助、季助の尚武館の三助年寄りが従い、白山までついてきた。弥助の手には角樽《つのだる》が提げられていた。

「なんじゃな」

「奈緒様から昼のご膳が届けられました」

と右近が答え、

「よいこらっしょ」

と縁側に置いた。

「おお、酒が届きおったか。そうか、そなたの昔の許婚が門前町に紅屋の店を開いたのであったな。それで女たちがおらぬのか」

「そういうことです、武左衛門どの。本日は男ばかりで、お紅の母親が届けてくれたご膳を頂戴しようか」

と磐音が言い、風呂敷包みを解いた。

大きな鮓桶《すしおけ》に鮮やかなちらし鮓が盛られていた。

「あっ、母上が作ったべに花《ばな》ちらしだ」

鶴次郎が叫んだ。

「ほう、これがべに花ちらしね」

金兵衛が頷き、

「おい、だれか人数分の皿小鉢、箸《はし》なんぞを勝手から持ってきてくれねえか」

と言うと、右近らが縁側から台所に急ぎ向かった。

「おい、わしの茶碗も持ってきてくれ」

武左衛門が弥助の提げた角樽に狙いをつけた。

「こりゃ、見事なちらしたいね」

摘み取った紅花の花弁を乾燥させた干し紅花を乱花という。その乱花を一晩水に晒したものを合わせ酢に入れて、混ぜご飯にする。これに錦糸卵《きんしたまご》、海老、絹さや、椎茸《しいたけ》、蓮根《れんこん》など具をのせたものがべに花ちらしだ。

「おい、祝いじゃぞ。弥助さんや、わしに一杯酒をくれぬか」

と願い、

「本日は奈緒一家の新たな旅立ちの日です。武左衛門どのに上げてください」

磐音の言葉に、べに花ちらしを菜に金兵衛が武左衛門に付き合い、お紅と睦月の幼子を除けば男ばかりの昼餉が始まった。

三

昼下がり、磐音はおこんが仕度していた小袖に黒紋付きの羽織、袴《はかま》に着替え、備前包平《びぜんかねひら》、無銘の脇差《わきざし》を差し、利次郎の供で小梅村の船着場から川向こうに渡った。大小は豊後関前城下を離れる折り、身に着けていた差料《さしりょう》だ。

利次郎は、霧子を迎えに尚武館に姿を見せ、磐音が奈緒の店開きの祝いに行くことを知ると、

「磐音先生、それがし、同道してはなりませぬか」

と言い出した。

「霧子さんに一刻も早く会いたいのですか」

右近が冗談を言ったが、利次郎は、

「右近どの、当たり前のことを申すな」

と真顔で受け流し、間をおいて、

「まあ、それもあるが、奈緒様の店を見てみたいのだ。ふだん紅や紅染めには縁がないでな、白粉《おしろい》を売る店がどんなところか見てみたいのだ」

と本音を吐き、右近に、

「前田屋は小間物屋ではございません。白粉は売ってはおりますまい」

と言われ、田丸輝信をして、

「しもうた。利次郎に先を越された」

と悔しがらせた。

「輝信。そなた、近頃身ぎれいになったではないか。なんぞ曰くがあるのか。あるならば、あとでこの利次郎が相談に乗ってもよいぞ」

「重富利次郎に相談せよじゃと。そなたの大口、関前藩邸の評判になっておらぬか。いいか、小梅村とは違うのだぞ。武家奉公には七人の敵が潜んでおるのだ、精々気をつけろ」

輝信に言い返されたが、利次郎は平然としたものだ。

空也ら子供五人と白山らに見送られて猪牙舟《ちょき》が流れに乗った。

「利次郎どの、武家奉公には慣れましたか」

輝信の言葉を聞いていた磐音が質した。

「磐音先生、それがし、豊後関前藩に奉公いたしましたからには、藩主福坂実高《ふくさかさねたか》様に忠誠を尽くすのみ。迷いが生じた折りには、磐音先生ならどう対処なさるかと己に問いかけ、奉公に励んでおりますゆえ、心配はございませぬ」

利次郎が言い切った。

関前藩の御番衆として、利次郎は百三十石を頂戴し、剣術指南方の役料として三十両が出た。霧子と二人、藩邸内の長屋に住む分にはなんの不足もない。

磐音は利次郎の分け隔てない明るい気性が、藩邸内で受け入れられていることを中居半蔵らから聞き、承知していた。

「本来ならば、それがしが果たさねばならぬ役目、利次郎どのが代わってくだされた。その言葉を聞いて安心し申した」

「磐音先生は、それがしに武家奉公などできようかと案じておられたのではございませぬか」

磐音は利次郎の問いに笑みを隠し切れなかった。

「やはりそうでしたか。なにしろうちには小うるさい霧子がおりますゆえ、毎朝、長屋を出る折り、上役に尋ねられたらすぐには応えず、ゆっくりと間をおいて応じてくださいだの、困ったことは上役に相談なされだのと、まるで三つ子が遣いに行かされるように忠言いたします。ゆえに家の中に一人上役を付けられているようなものでございます」

「霧子は賢い女衆じゃ。ともかく内所を預かる女衆に逆ろうてはなりませぬぞ」

「それがし、おこん様の言動と磐音先生の対応ぶりを長年見て参りましたから、お二人を参考にして日々暮らしております」

「実高様もそなたの剣術指南ぶりに感心しておられると、中居様から聞いており申す。まずはひと安心にござった」

山谷《さんや》堀《ぼり》の方角から太鼓《たいこ》、鉦《かね》、笛の音が隅田川の流れに響いてきた。

「磐音先生、それがしと違い、辰平は背に負うた荷が重うございます。あやつ、神経をすり減らしているに相違ございません」

利次郎は、同輩だった松平辰平の身を案じた。

筑前福岡藩黒田家では松平辰平を召し抱えるにあたり、新たに松平家七百五十石の創家を許し、剣術指南の役料も別途用意したという。福岡藩は六万石の関前藩と異なり、西国の雄藩で、石高は五十二万三千余石だ。黒田家の体面もあったが、嫁になるお杏が福岡藩を支える豪商箱崎屋の三女とあっては、箱崎屋の手前、おろそかな禄高は提示できなかった。

辰平は福岡藩からの提示を聞いたとき、

「それがし、未だなんのお役にも立っておりませぬ。七百五十石は過分にございます」

と断ったが、師匠の磐音が、

「辰平どの、禄高で人間を計ることはできぬが、黒田家には黒田家の事情があってのことにござろう。七百五十石に相応しい働きを、これからなされよ。そなたならば必ずできよう」

　と素直に拝受することを忠告した。

「それがし、黒田家が辰平に提示された七百五十石が法外とは思うておりませぬ。辰平はそれ以上の人物です。ですが、このご時世、お杏さんの実家のこともあり、あれこれと言う輩《やから》がおりましょう。わが奉公どころではございますまい」

　利次郎は辰平の身を心から案じていた。

「辰平どのも利次郎どのも、どのような事態に直面しようと、己の力と才で切り抜ける修行をこの尚武館で積んでこられた。なにかあれば、これまでどおり互いに助け合われるがよい」

「磐音先生、われら、関前藩福坂家、福岡藩黒田家の家臣である前に、直心影流尚武館坂崎道場にて修行した者にございます。磐音先生に恥をかかせるような奉公はいたしませぬ」

　利次郎が言い切ったとき、磐音を乗せた猪牙舟は、隅田川の左岸から右岸へと近づいて、吾妻橋《あづまばし》が大きく見えてきた。とそのとき二艘《そう》の船が磐音らの目の前を通り過ぎていった。

　吉原会所の提灯が飾られた一艘目の船には、賑やかに奏する囃子《はやし》方《かた》と、船の真ん中に白無垢の小袖に打掛けを着た太夫が乗り込み、その周りを白無垢小袖の振《ふり》袖新造《そでしんぞう》、番頭新造、禿《かむろ》が固めていた。二艘目には、磐音の顔見知りの男衆が羽織袴で床几《しょうぎ》に座していた。

三浦屋の主の庄右衛門《しょうえもん》、丁子屋の主の宇右衛門、そして、吉原会所の頭取四郎兵衛の姿が見えた。

「まるで千両役者の船乗り込みのようですが、あの白無垢の女子を乗せた船はなんでございましょうな」

利次郎が磐音に訊いた。

「ちょうどよい刻限であったようじゃ。利次郎どの、目の保養ができますぞ」

「目の保養とはなんでございますか」

「あとの楽しみになされよ」

過日、磐音が吉原会所に四郎兵衛を、そして、白鶴太夫の抱え主であった丁子屋宇右衛門方を訪ね、最上紅前田屋が開店に漕《こ》ぎつけた礼を述べた折り、宇右衛門から、

「坂崎様、わが抱えであった白鶴太夫ほど賢い女衆はおりませぬな。普通ならば、身請けされた遊女のだれもがその出を隠すものです。ですが、白鶴は、いえ、前

田屋の奈緒様が仰るには、吉原勤めは私の来し方の一部、あの折りがあればこそ、こうして江戸に戻れ、皆様のお蔭で紅屋を店開きすることができましたと、ただ今の遊女らに挨拶に見えましてな。その奈緒様の態度にうちの花魁《おいらん》たちも、奈緒様の福を頂戴するように務めに励むと言うております。坂崎様、そのお礼代わりと言うてはなんですが、店開きに吉原も華を添えますぞ」

と言われたのを磐音は思い出した。

「おそらく白無垢の打掛けの女性《によしよう》は、三浦屋の当代高尾《たかお》太夫にござろう」

奈緒が白鶴と呼ばれた時代、妍《けん》を競った高尾ではない。代替わりした高尾だ。

「えっ、高尾太夫は吉原の籠《かご》の鳥でございましょうに。あのように、仰々しくも白無垢姿で船乗り込みが許されるのでございますか」

「異例中の異例でござろう」

「分かりました。本日は八月朔日、武家方も総登城の日にございますが、吉原も八朔は大紋日。ために浅草広小路を練り歩いて吉原の宣伝にこれ努めようという算段にございますね」

「さあて、どうでしょうか」

と答えた磐音の猪牙舟の前で二艘の吉原の御座船は吾妻橋の船着場に到着し、

男衆の助けで、高尾太夫をはじめ遊女衆が船を下りて河岸道に上がると、行列を組んだ。

ちゃりん

先頭を引く男衆が鉄棒の輪を鳴らした。

利次郎が猪牙舟を吉原の船のかたわらに舫《もや》い、磐音と利次郎も吾妻橋西詰に上がった。すると吉原会所の四郎兵衛と目が合った。

「おや、尚武館の先生もただ今参られますか」

「武骨なそれがしが店開き早々に姿を見せるのもどうかと思いまして、刻限を計っておりました。ために太夫の道中を見る運に恵まれました」

「ご一緒しましょうかな」

四郎兵衛が肩を並べた。後ろから利次郎が従ったところで、浅草寺門前の広小路に白無垢姿の花魁道中が始まった。それも当代を代表する高尾太夫だ。

「ご存じですか」

四郎兵衛が磐音を見た。

「なんぞございましたか」

「奈緒様が吉原に挨拶に見えられた折り、馴染みの妓楼、茶屋、そして三浦屋の高尾太夫をはじめ、ただ今の吉原を飾る花魁衆に、ようやくこのような店を江戸で持つことができましたと、自ら拵《こしら》えた紅猪口を配られたのでございますよ。こんな話、吉原では前代未聞のことにございます」

「分かりました。それで意気に感じられた吉原では、高尾太夫の花魁道中を、この浅草広小路で行われますか」

「面番所を通じて南北町奉行所にお伺いを立てましたところ、総登城が終わる八つ（午後二時）過ぎならばよいとのお許しが出ました」

「ならば本日、この界隈におられる人々の目の保養になりましょう」

「いえ、坂崎様、これはその程度では終わりませんぞ」

「なんぞ仕掛けがございますので」

「ご覧ください、高尾太夫の紅を」

磐音は、広小路の大通りで外八文字《そとはちもんじ》を優雅に踏む高尾の唇を見た。白無垢の打掛けと白地の化粧顔に、紅が秋の陽射しに映えて光っていた。なんとも上品にして艶やかな紅だった。

「奈緒が拵《こしら》えた紅ですか」

「坂崎様、紅花から造られる口紅の調合は秘伝中の秘伝にございますよ。京の職人によって代々密かに受け継がれ、それが下り物になって江戸に運ばれて参ります。ですが奈緒様は自ら新たな紅を造られ、売り出されるのです」

「存じませんでした」

紅染やの本所篠之助はこのことを磐音に話さなかった。ということは師匠の篠之助にも秘密にしていたのか。

「高尾太夫が奈緒様から直《じか》に頂戴してその場にて試し、『これは女子の気持ちを分かるお方が造られた紅でありんす。白鶴様の紅《くれない》は格別でありんす』と洩らした話が吉原じゅうに広まり、本日八朔の遊女たちの紅は、奈緒様から頂戴した最上紅で刷かれたものにございますよ」

この高尾の言葉が世間に広まって、奈緒の造る紅は「白鶴紅《くれない》」と呼ばれることになる。

「驚きました」

「白鶴太夫は賢い遊女にございましたがな、山形での十年を無駄に過ごされたわけではございませんよ」

四郎兵衛が言い切った。

鳶《とび》の連中がどこからともなく姿を見せて、木遣りを歌いながら高尾太夫の花魁

道中を先導していく。定紋《じょうもん》入りの箱提灯が二つ、その一つには、

「祝　最上紅前田屋様」

とあり、もう一つの箱提灯には、

「白鶴紅売り出し」

とあった。

外八文字を踏む高尾太夫に、これもまた最上紅で染め上げられた長柄傘が差しかけられ、広小路にひときわ輝いていた。

白無垢の打掛けに最上紅で刷かれた唇の赤、なんとも対照的で見事な演出だった。振袖新造から番頭新造、禿までが白無垢を着込んでの広小路道中に、浅草寺にお参りに来ていた人々がたちまち人垣を作った。

江戸っ子も在所から江戸見物に来ていた人々も、思いがけない花魁道中に圧倒され、息を呑《の》んだまま見物していたが、思わず溜息《ためいき》を洩らした者がいた。それをきっかけに一人の男がもどかしげに叫んだ。

「よっ、日本一、高尾太夫！」

高尾は艶やかに微笑《ほほえ》んで男を見ると、口紅を指し、

「日本一は、前田屋の最上紅、奈緒様が拵えたこの紅にありんす。皆々様、前田

屋奈緒様の白鶴紅、ご贔屓《ひいき》にお願い奉ります」

と透き通った声が広小路に響いた。

「お、花魁、奈緒様とはだれだえ」

「よう聞いてくれました。奈緒様とは、ほれ、八たび重ねて染めた濃紅の幟がはためくあの紅屋の女主、なにを隠そうわちきの先達《せんだつ》、白鶴太夫にありんす」

「おい、高尾太夫、北尾重政が描いた『雪模様日本堤白鶴乗込《ゆきもようにほんづつみはつかくのりこみ》』の白鶴太夫が、あの紅屋の女主かえ」

「いかにもさようでありんす。わちきらは御免色里でこそ花魁だ、太夫だと一時《いっとき》の全盛に酔い痴《し》れておりますが、世間に出て、そのことを誇りになされたお方は、この店の主の奈緒様が初めてでありんす」

「花魁、白鶴の心意気、買った！」

高尾太夫が艶然とした笑みで幾重もの見物の衆を見回した。

新しく店開きした間口三間の紅屋では、左右に四斗樽が並んですでに鏡板が割られ、見物の衆に、おこんらが、

「店開きの祝い酒にございます。飲んで祝ってくださいまし」

と竹柄杓《たけびしゃく》で枡《ます》に注いで次々に渡していった。

店の前では、奈緒が高尾太夫の花魁道中を凛とした立ち姿で出迎えていた。

「見たか、奈緒様の姿をよ。白鶴時代からちっとも変わってねえや」

「いや、年輪を重ねた八重桜かね、見事な歳のとり方じゃねえか」

とその場に呼ばれていた読売屋たちが言い合った。

この奈緒の店開きに吉原会所の四郎兵衛が手を回し、江戸じゅうの読売屋を集めたのだ。

かつて吉原を沸かせた白鶴太夫は紅花大尽の前田屋内蔵助に身請けされたが、主の死とともに前田屋に巣食った黒いねずみどもに食い荒らされ、紅花大尽の内儀の立場から多額の借財を負って零落《れいらく》した。そんな女性《にょしょう》が、花のお江戸で紅屋を店開きした。それも吉原近くの浅草寺門前町でだ。そして今、全盛を誇る高尾太夫がその祝いに花魁道中を組んでみせたのだ。

江戸を沸かせるに十分な話であった。

そんな様子を、北尾重政がせっせと絵筆を動かして素描《そびょう》していた。

高尾太夫が奈緒の手前で最後の外八文字を踏み、
ぴたり
と動きを止めた。

「前田屋奈緒様、本日の店開き、祝着至極にありんす」

と声をかけると、奈緒が深々と一礼を返し、

「高尾太夫のお言葉、前田屋の奈緒、生涯忘れることはございません」

と言葉を返した。

天下御免の遊里、その頂きに立った新旧の太夫二人の顔合わせに、見物の女衆から溜息が洩れ、男衆が歓声を上げた。

歓声が静まったところでかたわらに控えていたおこんが、

「皆々様、女主の最上紅のお店、千年も万年もご贔屓くださいますようお願い奉ります」

と声を張り上げると、画帳から目を上げた北尾重政が、

「前田屋奈緒様に当代の高尾太夫という天下の美女二人に加え、尚武館坂崎道場のおこんさんで、『三美人広小路顔合之図《かおあわせのず》』、この絵、北尾重政が貰《もら》った！」

と大声を張り上げて、場がさらに沸いた。

一人の女衆が、

「白鶴紅、分けて頂戴な」

と願うのへ、

「ありがとうございます。白鶴紅はこちらにてお分けいたします」

と霧子や早苗が呼び込み、鳶の連中が、

「祝いの枡酒はただだぜ。おーい、そこの兄さん、明日はな、古女房を連れて白鶴紅を買いに来てくんな」

と再び枡酒を渡し始めた。

「だれが古女房を連れてくると言ったえ。娘をな、三人連れてくるぜ」

「ありがとよ」

その様子を確かめた高尾太夫の一行は、仲之町《なかのちょう》の張見世から客を伴って妓楼に戻るかのように、吾妻橋の船着場に戻っていった。客には妓楼の主三浦屋庄右衛門が扮《ふん》していた。

坂崎磐音は四郎兵衛ともども奈緒の心意気に何十倍もの礼を返した高尾太夫に頭を下げた。すると高尾太夫が足を止め、

「尚武館の坂崎磐音様にございますね」

と尋ねてきた。

「いかにも坂崎磐音にござる。高尾太夫、本日のそなたの花魁道中、この坂崎磐音も生涯忘れはせぬ。太夫、それがしで役に立つことがあれば、なんなりとも、

いつなりとも声をかけてくだされ。万難を排してそれがし、そなたの厚意に報いとう存ずる」

高尾太夫が磐音に歩み寄り、

「奈緒様はお幸せなお方に存じます。坂崎様、これからも奈緒様のこと、宜しゅうお願い申します」

すべてを呑み込んだ表情の高尾が笑みを浮かべて言った。

「奈緒は身内にござる。身内ならば互いを思いやるのは至極当たり前のこと」

「この高尾も身内の端に加えてくださいますか」

「三浦屋の主どの、四郎兵衛様、高尾太夫と坂崎磐音との身内の契り、お許しくださいますか」

「先の西の丸徳川家基様の剣術指南坂崎磐音様と天下の高尾太夫との身内の契り、断れましょうかな」

庄右衛門が笑い、四郎兵衛が言い添えた。

「花魁、吉原と小梅村は隅田川を挟んで向かいだ。旦那の許しを得て尚武館をお訪ねくだされ」

二人の言葉を聞いた高尾が頷いた。だが、

「わずか百余間の流れがわちきらには百万里も遠うありんす」

と洩らした声に花魁の哀しみがあった。

「奈緒は十年余の歳月をかけてその流れを渡り切りましたぞ」

磐音が応じると高尾太夫が艶然と笑い、

「夢は捨ててはなりませんな」

と言い残し、船着場へ向かう花魁道中を再開した。

その背に向かい、磐音は深々と一礼した。

四

夕暮れ、吾妻橋際の船着場から、吉原会所出入りの船宿の屋根船が小梅村に向かった。

最上紅前田屋の初日を終え、奈緒が亀之助ら三人を小梅村に迎えに行く姿だ。おこんらは、利次郎の漕ぐ猪牙舟で一足先に小梅村に戻っていた。

磐音は店仕舞い前に深川から祝いに駆けつけた本所篠之助らと店に残り、初日の店仕舞いを見届けた。

高尾太夫が八朔にわざわざ広小路道中をなして宣伝したこともあって、用意したすべての紅猪口、紅板を売り尽くしたという。

「紅一匁金一匁」

と言われる紅だ。

決して安くはない。だが、この店開きのために奈緒は半年以上も前から紅猪口や紅板を用意してきたのだ。その一部は吉原に届けられ、高尾太夫の広小路白無垢花魁道中につながった。そして祝いに姿を見せた今津屋の内儀のお佐紀《さき》など女客は、紅を猪口の内側の白地に、

すうっ

と塗りつける、奈緒の流れるような筆遣いに魅了された。

白地の猪口が紅色に染まる光景は、女客にとってなんとも女心をくすぐる蠱惑《こわく》的なものだった。

だが、紅の秘密はそれだけではなかった。刻の経過とともに紅がなんとも不思議なことに神秘の玉虫色に変わっていくのだ。そして筆先濡らした紅筆で、紅猪口の玉虫色を溶くと、ふたたび鮮やかな紅色に戻るのだ。白鶴紅は、惑い迷う女心そのもののように思えた。

奈緒はその紅色を馴れた手付きで唇に刷いてみせていた。

「奈緒、明日から売る白鶴紅はあるのか」

磐音がそのことを案じた。

奈緒が上気した顔に微笑みを浮かべ、

「磐音様、ご案じくださいますな。本日は高尾太夫の手助けもあって、予測を超えた紅がはけました。されど明日からが真の商いです。紅は値が高いものにございます。そうそう数がはけるものではありません。一日五つ、いえ、三つも売れれば上出来です。ならば三月《みつき》ほどの品は揃えてございます」

「あの紅をそなたが一人で拵えたのか」

「はい」

二人の会話を本所篠之助や、なぜか同乗していた北尾重政も聞いていた。

「いや、今日ばかりは魂消ました」

江戸の師匠である篠之助が洩らした。

「師匠、高尾太夫の白無垢道中は見物なさっておられないのでは」

奈緒が言った。

篠之助は普段どおりの仕事をしてから、奈緒の店開きの祝いに駆けつけたのだ。

ゆえに、高尾太夫の花魁道中を見逃していた。そのことを奈緒は言ったが、

「いや、奈緒様、そなたがわっしにも秘めていた紅造りの技に驚かされたのですよ。奈緒様は、たしかに紅花大尽前田屋内蔵助様のお内儀だった。その紅花大尽のお内儀がまさか職人仕事までこなされるとは。魂消たとはそのことですよ」

紅染やの本所篠之助方は、本来紅染めが本業だが、二代目になって御城で使う紅染めの組紐造りを加えた。ために化粧の紅や薬として使われる紅花《こうか》などは扱っていない。ゆえに奈緒の秘めた技を初めて見せられた篠之助は、

「魂消た」

と言ったのだ。

「女が職人仕事をこなしてはなりませぬか、師匠」

奈緒が篠之助に笑いかけた。

「いえね、女の職人がいて悪いってわけじゃない。だがね、考えてもごらんなさい。かつて吉原で一世を風靡した白鶴太夫が紅花大尽の前田屋様に落籍《ひか》され、お内儀として山形に下られた。最上の紅は『最上千駄』と称され、前田屋さんはその何分の一かを扱っておられたはずです。一駄は三十二貫、紅一匁金一匁と言われる紅花を何千何万貫と商った大店の内儀が、その職人技まで承知なのが不思議

なのでございますよ」

「紅花の技量は師匠から教わったものばかりです」

「と、仰いますが、一年や二年で紅花職人になれるわけもなし、奈緒様は山形で多くのことを学んで江戸に参られましたな」

「師匠、怒っておいでですか」

「奈緒様、そなたの身をだれよりも案じてこられた坂崎磐音様がおられる船中です。ふだんから訝しいと思っていたことを尋ねてようございますかえ」

磐音の視線が北尾重政に向いた。

「尚武館の先生、そろそろこの北尾重政のことを信用してもよいのではないか。なんだ、その人を疑るような眼差しは」

「北尾どの、考えすぎです」

「考えすぎか」

「信頼しておりますから、この舟の中で話されることはいっさい」

「おお、胸に仕舞うてだれにも口外せぬ」

磐音が篠之助へ視線を戻した。

「坂崎様、紅花は絹染めから化粧用、顔料、薬と幅広く使われるものにございます。わっしら染やが紅花の世話になるのはごくごく一部なのですよ。その中でも秘伝中の秘伝が、口紅造りにございましてな、一子相伝《いっしそうでん》の秘密にございます。前田屋のお内儀とて口紅造りを知るはずもない。山形は最上紅花の産地にございますが、口紅造りを習得した人間がいたとも思えないのでございますよ」

篠之助が磐音相手に紅造りが秘伝であることを説明した。それを奈緒は楽しげに聞いていた。

「篠之助さんとやら、そなた、奈緒さんがだれかから秘伝の技を盗んだのではないかと質しておるのか」

「北尾先生、盗んだなどという言葉をわが弟子に言うてくださるな」

「おっ、すまなかった。だが、わしには分からぬ。最前奈緒さんは、目の前でも猪口に口紅を塗る技を披露したではないか。絵師のわしならば、あの程度の筆遣いはできぬことはないぞ、何日か稽古すればな。だが、あの紅色がおよそ一刻（二時間）あとにあの高貴な玉虫色に変じたのには驚いた。北尾重政、未だ木鶏《もっけい》たりえずじゃ」

北尾はよくわけが分からぬことを長々と述べ、

「北尾先生が猪口に口紅を塗ることは別に難しゅうございますまい。一子相伝の秘伝は、その前にあるのでございますよ」

　篠之助が北尾重政に応じた。

「というと、どういうことだ」

「猪口の内側に塗った口紅を紅餅から抽出する技にございますよ」

「難しいのか、紅染や」

「わっしらの作業を大まかに説明しますとね、乱花と呼ばれる干し紅花を水に浸して黄色の染め水を作るんでございますよ。それに絹糸なり染め布なりを浸すと紅花の黄色に染まります。何度も染め重ねていると、奈緒様が掲げた紅屋の幟の濃紅《こきくれない》になる。また、藍染《あいぞ》めと紅を重ね染めすることで別の色が染め上がるってわけでございましてね。かような作業のこつを会得するには何年もの修業が要ります。だが、口紅の抽出だけは、最前も言いましたように秘伝中の秘伝なのでございますよ」

　紅花の花弁に含まれる色素は九割九分が水に溶ける黄色だった。だが、水に溶けない紅色《カルタミン》が口紅の素材となった。この紅色を抽出する技が秘伝だという。

「奈緒さん、どうして会得なされたのです」

　北尾重政が奈緒に改めて迫った。

奈緒が磐音を見て、困りましたね、という表情を見せた。

「秘伝を会得したには謂《いわ》れがあらねばならぬ。それが言い難いことならば、口にせずともよかろう」

磐音の言葉に篠之助が、

「師匠面して奈緒様を困らせてしまいましたな。このこと、忘れてくだされ」

と奈緒に詫びた。

「いえ、私に紅色の抽出が伝わったのは、女衒の一八さんが関わったお蔭にございます。よい機会かもしれません、皆さん、お聞きください」

と奈緒が応じた。

磐音は船頭に、屋根船をしばらく上流へと走らせてくれぬかと頼んだ。すでに小梅村に接近しようとしていたからだ。紅猪口や紅板など口紅の素材となる紅色抽出の秘伝について大勢の前で改めて話すのは難しかろうと考えてのことだ。

その間に奈緒は考えを纏《まと》めていた。

「師匠、私がこの技を習ったのは、そう昔のことではございません」

と前置きした奈緒は、

「山形城下の前田屋の菩提寺《ぼだいじ》で一八さんに会ったのは、天明二年の初夏の頃かと思います。そのときは立ち話にすぎませんでしたが、その後また一八さんと会うたのでございます。前田屋と関わりがあった紅花農家を私が訪ねますと、家の中が暗く沈み込んでおりました。話を聞くと、娘を江戸に売らなければならなくなったというのです。いえ、京で長いこと紅花職人として働いていた長男の慈兵衛《じへえ》さんが胸の病で山形に戻され、その薬料のために妹を売らねばならぬという話にございます。最上紅は、紅餅に加工されたのち、城下から紅花船に積まれて酒田湊《さかたみなと》まで運ばれます。さらに積み替えられて若狭《わかさ》へと運ばれ、琵琶湖《びわこ》を経て京に向かうのです。山形の紅花農家の長男が十五の歳から京で修業したには、山形と京とを繋ぐ商いの流れに因《よ》るところがございましたので」

「紅屋の職人が胸の病で国に戻されたか」

「はい、そして、末の娘が吉原に売られる羽目《はめ》になりました」

磐音が奈緒を見た。

奈緒の実兄小林琴平が上意討ちにあって亡くなり、小林家は没落した。そのとき、奈緒の父親が病に倒れたのだ。磐音は上意討ちとはいえ、朋友を斬った行為に耐え切れず、すでに藩を抜けて江戸に出ていた。

奈緒は父親の病にかかる金子を工面するために他国の妓楼に身売りしたのであ

る。磐音は、吉原に流れ着き白鶴太夫となった奈緒の流転の発端を思い出していた。

「その話を聞いたのは、馬に蹴られて内蔵助が倒れ、看病をしていた最中のことです。私は主の務めの一部を果たさざるを得なかったのです。長いこと前田屋に紅花を納めてきたその家の苦衷をあれこれ尋ねると、すでに身売りの半金を受け取っていました。その上、女衒は一八さんと言うではありませんか。私は、一八さんに会い、半金になにがしか利を付けて返し、娘さんを吉原に売らずに済むよう取り計らったのでございます。兄の慈兵衛さんは、きっとそのことを気にかけていたのでしょう。内蔵助様が亡くなる半年ほど前、私を家に呼んでこう願われました……」

「……前田屋のお内儀様、わっしはもうだめだ。妹を身売りから助けてくれたお内儀様に、なにもせずに死んでいくのはなんとも心残り、気がかりでごぜえやす。お内儀様は、わっしら紅花百姓の面倒をよう見てくれなさった。その上、紅花についてよう聞き知っておられます。わっしがお内儀様に伝えられるのは、たった一つだけだ。京の紅屋修業で習ったわけじゃねえ、盗んだ技でごぜえやすよ。

その技を伝えてお礼代わりにしてえ」

慈兵衛が病だと知った京の紅屋は、これまでの給金も支払わずに山形に追い返したという。ために、知りえた技を奈緒に伝えるというのだ。

「お礼など、どうでもようございます」

「いえ、前田屋の大旦那様もただ今床に臥《ふ》していなさる。これから先、なにがあるか分からねえ。だからこの紅花から紅色を抽出する技を伝えておきます。知っておいて悪いことなんて、紅花には一つもございやせん。お内儀様、十日だけ、わっしに付き合うてくだされ。わっしが知ることをすべてお教えいたしやす」

京の老舗《しにせ》の紅屋で十七年余修業していた慈兵衛は、最後の力を振り絞って一子相伝の秘伝を、いや、盗んだ技を奈緒に伝えて亡くなった。そして、その半年後に亭主の内蔵助が亡くなり、前田屋の没落が始まった。

奈緒はどんな苦しいときにも紅花の季節を、

「もう一度見るのだ」

と思いながら生きてきた。そして、紅花染めや口紅造りを独習してきたのだ。

だが、こたび江戸で、

「最上紅前田屋」

を店開きするにあたって、奈緒は慈兵衛から習った口紅造りに手を加え、色合いを工夫した。さらには紅を塗った白磁の猪口の外側に紅花が咲く光景を自ら描いたため、高尾太夫の発言もあって吉原で、だれ言うとなく、

「白鶴紅」

と言われるようになったのだった。

「………一子相伝の秘技が私に伝えられたのは、このようなわけがございました。京の紅屋さんの口紅造りとは、紅の色合いをいささか工夫して変えてございます。小梅村でこの半年余り造ってきた紅が江戸の女衆の好みに合うかどうか、不安もございますが、精一杯お客様の言葉に耳を傾けながら口紅造りをしていきとうございます」

奈緒の話は終わった。

しばし船の中に沈黙が漂った。だが、その沈黙は重苦しいものではなかった。

「奈緒さんの人柄がもたらした紅だ。最前、わしは、あの程度の筆遣いならば何日か稽古すればできると大言壮語したが、取り消す。筆遣いどうこうの話ではない。あの紅にはいろいろな人の想いが詰まっておった。なまじ絵師が口を挟むよ

うな話ではない」

と北尾重政が洩らした。

「本日の北尾どののはなかなか殊勝にございますな」

と磐音が笑った。

「なんでも軽々にものを言うものではないわ。あの神秘の玉虫色には人の生き死にが関わっておったとはな」

「いかにもさようにござるな」

と磐音が答え、

「ただし、あの紅が江戸の女衆に馴染んでいくかどうかは、別のことにございます」

と奈緒が答えた。

「奈緒様、わっしも長いこと紅染めや組紐に携わってきましたがな、奈緒様の紅の色はこれまでになかった色合いだ。必ずやしっかりと江戸の女衆の心を捉えて離しませんよ」

最後に篠之助が言い切った。

小梅村の船着場では、空也ら五人の子供たちが磐音らの帰りを待ちわびていた。

「父上、帰りがおそうございます」

と空也が屋根船に向かって叫び、お紅も、

「母上、おそい」

と文句を言った。

「お紅、鶴次郎、空也様や亀之助の言うことをよう聞いて迷惑をかけませんでしたか」

奈緒が母親の顔に戻り、気にした。

「お紅はなんどか泣きました」

亀之助が言い付けた。

「睦月ちゃんがお紅をあやしてくれたんです」

と鶴次郎が言い、

「母上、おこん様が今晩は小梅村に泊まってもよいと言われました。空也さんと一緒に寝てよいですか」

と亀之助が言い出した。

「亀之助、尚武館には二年にわたり世話になりました。今晩から私どもは独り立ちして暮らしてゆかねばなりません。亀之助、そなたは前田屋の跡取りです、しっかりしなされ」

奈緒に注意され、亀之助はしょんぼりと肩を落とした。

「亀之助さん、浅草と小梅村は遠くはございません。吾妻橋を渡っても、竹屋《たけや》ノ渡しから舟に乗ってもすぐです。いつでも遊びにこられます」

と空也が亀之助を慰めた。

この宵《よい》、前田屋の奈緒が独り立ちした門出を祝う宴が、小梅村の坂崎家の母屋で行われた。今津屋の吉右衛門、お佐紀夫婦、中居半蔵、金兵衛、それに住み込み門弟らが磐音らの帰りを待ち受けていて、宮戸川《みやとがわ》の鰻《うなぎ》が幸吉《こうきち》の手で届けられ、磐音らが揃ったところで祝いが始まった。

「お待ちどおさま」

おこんら女衆が燗《かん》をした酒を運んできた。その中におそめの姿があった。

京へ縫箔《ぬいはく》修業に出ていたおそめは三月《みつき》前、親方とともに江戸に出てきて、江戸の江三郎《こうざぶろう》親方のもとに戻ることが決まっていた。

おこんをはじめ、早苗に秋世におそめ、それに普段化粧などしない霧子までも

が白鶴紅をさして恥ずかしげだった。だが利次郎は、

「おお、霧子、化粧がなかなか似合うではないか」

と大声を上げたため一座の注目を集めることになり、霧子に睨《にら》まれた。

「奈緒、まずは無事に店開きできて、めでたい」

磐音の言葉で宴が始まった。

「ご一統様、かような日を迎えることができましたのも、ひとえに皆々様のお蔭にございます。今後とも宜しくお引き立てくださいませ」

奈緒が磐音の言葉を受けて礼を述べた。

中居半蔵が言い出した。

「奈緒どの、殿から言付けがあったで伝えておく。女手一つで三人の子を育てた上に紅屋の店まで開くとは、豊後女子の心意気を見たようじゃ、祝着至極、と仰せになられた」

「中居様、有難きお言葉にございます」

「もう一つ、いつなりとも墓参に帰郷することを許す。藩船に乗るのであれば、半蔵、手配せよ、とも仰せであった」

半蔵が伝えた福坂実高の言葉に奈緒の目が潤んだ。

「豊後関前藩、二度のお家騒動で藩を離れた者もおれば、小林家や河出家のようにお取り潰しになった家もある。じゃが、十数年の歳月は、恩讐を超えることをわれらに教えてくれた。奈緒どの、一度関前に戻ることをそれがしもお勧めする」

「中居様、店が立ちゆく自信が得られるようになりましたら、三人の子を連れて必ずや墓参に戻ります」

奈緒が自らに言い聞かせるように言った。

「奈緒様、私からお願いがございます」

と言い出したのはおそめだ。

「私は、半人前の縫箔職人にございますが、いつの日か、奈緒様の染められた紅染めに縫箔を施させてください」

「おそめさん、あなたが半人前なら、私はなんと名乗ればいいのでございましょう。京で二年半余も修業をしてきたおそめさんの縫箔を近いうち、見せてくださいい」

と奈緒が願い、

「ともかくよ、うちの婿どのの周りには、今津屋さんのような大商人から幸吉のように鰻職人までいてよ、なんともめでてえな」
　とすでに一杯の酒でほろ酔いになった金兵衛が言い、
「そうですぞ、金兵衛さん。坂崎磐音というお方がおられなければ、今宵《こよい》の宴も
ございませんでした。私どもはそのことを幸せに思わねばなりますまい」
　と吉右衛門が応じ、利次郎が最前の霧子のひと睨みを忘れて、
「それがし、つくづくそう感じ入っております。霧子が口紅をさした姿を見るこ
とができたのも、奈緒様のお蔭にございます。それがし、礼を申します」
「あら、婚礼の夜だって霧子さんは化粧をしていたのよ」
「おこん様、不肖重富利次郎、あの夜のことはよう覚えておりませぬ」
　利次郎が真面目な顔で答えて、一座に笑いが起こった。
　磐音は、波乱の十数年を思い、かような宵を迎えられたことが信じられなかっ
た。そして、心の中で呟いた。
（琴平、慎之輔、舞どの、見ておるか）

第三章　秋世の奉公

一

　奈緒の始めた最上紅前田屋は、広小路の名物になったようで、ひっきりなしに客が訪れていた。

　白鶴紅を刷いた高尾太夫が白無垢姿で現れ、広小路で花魁道中を披露した様子を読売が書き立てたからだ。それだけで評判になった。その上、前田屋の女主が高尾太夫の先達にあたる吉原の華、松の位に上りつめた花魁白鶴というのだから、上《うえ》つ方《かた》も下々も女たちが関心を抱かないわけがなかった。

　江戸の紅屋としての老舗は、本町二丁目の玉屋《たまや》善太郎《ぜんたろう》方、麹町《こうじまち》五丁目の玉井《たまい》香《こう》太郎《たろう》方、市《いち》ヶ谷《や》田《た》町《まち》の本笹屋《ほんざさや》などが上げられた。また奈緒が店を開いた浅草寺近くでは、浅草諏訪町《すわちょう》の紅粉屋《べにこや》諫蔵《かんぞう》が店を開いていた。だが、それまでの紅屋は、小間物屋のように、紅ばかりではなく白粉、髪油、そのほか女衆が使う化粧用品を売る店だった。

だが、奈緒が開いた最上紅前田屋は、紅、紅筆、紅染めの絹糸、紅で染めた帯締め、紅染めの財布など紅に関わるものだけの店であった。

「紅一匁金一匁」の紅の品だ、むろん裏長屋のおかみさん連がそうそう白鶴紅を買い求められるわけもない。

なにしろ紅猪口の値段でさえ亭主の日当の数日分はした。奈緒が自ら絵を描いた紅板ともなると二分からで、手の込んだものは一両の値がついた。それでも買い求めていく大身《たいしん》旗本と思える武家方の内儀や大商人の娘衆や、芸者衆などがいた。また女形の歌舞伎役者も時に姿を見せた。

奈緒はどのような客にも丁寧《ていねい》に応対し、紅花や紅染めのことを説明した。そんなわけで客が絶えないので、初日以来、早苗の妹の秋世が手伝いを続け、奈緒と秋世の間には無言裡《り》に、

「本雇い」

という考えが浮かんでいた。

奈緒は、おこんを介して武左衛門と勢津にその意をまず伝え、十九歳の秋世を奉公人にしてよいか挨拶に伺いたいと願っていた。

早苗を尚武館に奉公に出したあと、竹村家では長男の修太郎《しゅうたろう》が研《と》ぎ師鵜飼百助《うかいももすけ》に弟子入りをして頑張っていた。

次女の秋世は、頼りにならない武左衛門の代わりに勢津を助けて、磐城平藩安《いわきたいらあん》藤《どう》家下屋敷の雑用をこなし、評判も上々だという。その秋世が姉の早苗に誘われて、最上紅前田屋の店開きを手伝い、紅染めや紅のことを初めて知ったのだ、関心を持たないわけがない。そのことを感じた奈緒が秋世に、

「もしよければもう数日手伝ってくれませんか」

と店開きの日の別れ際に願っていた。

開店から十数日が過ぎたが、最上紅前田屋の客足が絶えることはなかった。新規に店開きした紅屋を覗《のぞ》きに来るのは女衆だけではなく、同業の番頭などが身分を名乗らず見分に来た。そして、紅に関わるものだけの品揃えに、

「これでは先行き、客足が遠のきましょうな」

と密かに白鶴紅を買い求めたあと、どこか安堵《あんど》の顔で店を出て行った。白鶴紅がどう調合されているか、店に戻って調べるのであろう。だが、奈緒には、同業

者がいくら調べても分からないという自信があった。元々慈兵衛が京の老舗《しにせ》の紅屋から持ち帰ってきた技がかなり複雑な上に、奈緒自身があれこれと新たな工夫を重ねて、白鶴紅を創り上げたのだ。

そんな最上紅前田屋を手伝ううちに、秋世は母を手伝う安藤家の雑用から離れ、奈緒の店に奉公して紅の諸々を習いたいと心の片隅で考えるようになっていた。

勢津も、おこんに言われる前からなんとなく秋世の本心に気付いていた。早苗が妹の気持ちを察して母親に洩らしていたからだ。その折り、

「亭主どのがどう言われるか」

と勢津は武左衛門の反応を気にした。

「そなたと修太郎が長屋を出て、そろそろ市造《いちぞう》の奉公を考えていたところだけど、秋世だけは私たちの元に残ってくれると思っていたのです。間違いなく亭主どのはあれこれと文句をつけなさるでしょうね」

武左衛門にかこつけてはいるが、勢津自身が秋世の外奉公を寂しがっていることに早苗は気付かされた。

「母上、十九の歳まで秋世は半欠け長屋と安藤家の下屋敷のお長屋暮らししか知らなかったのですよ。外の暮らしや商いを見せてもいい頃でしょう。親のもとか

ら子が巣立っていくのは致し方ないわ。それに私だって修太郎だって、安藤様の下屋敷近くに奉公しているのです。父上は寂しくなるとすぐに鵜飼様のお屋敷に押しかけて顔を見ておられるわ。母上も尚武館に来て、おこん様方と気晴らしに話をなさればいいのよ。もしよ、秋世が奈緒様のところに奉公に出ても、吾妻橋を渡れば広小路はすぐです。一度母上も紅屋がどんな店か見に行かれればいいのです」

説得口調で早苗は、母親に妹の気持ちを訴えた。

「そうね、広小路に見に行こうかね」

と返事したものの、勢津は毎朝秋世が張り切って出かけていく紅屋がどんなところか訪ねようとはしなかった。そこで早苗はおこんに、前田屋に母と一緒に訪ねてもらえないかと願った。

「勢津様の気持ちもよく分かるけど、一度外のことを知った秋世さんの夢をつぶすようなこともできないわね」

おこんが引き受けた。

そんなわけで、おこんと勢津が秋の一日、吾妻橋を渡った。

昼下がりの刻限だ。

「おこん様、私は吾妻橋を、使い以外で渡ったことはないのです」

勢津は恥ずかしそうに言った。

「勢津様は早苗さんたち四人の子育てを一生懸命になさり、身内に尽くしてこられたのです。これからは少しずつ自分の時が持てますよ」

「なにしろうちは亭主どのがあのようなお方ですから」

「勢津様、わが亭主と武左衛門様、品川柳次郎《しながわりゅうじろう》様は、兄弟のように切っても切れない間柄です。三人それぞれがそれぞれの分を果たしておられます。武左衛門様のよきところは、尚武館の門弟衆もちゃんと心得ておられますよ」

「たしかに一升枡に一升五合は入りません。それは分かっているのですが」

勢津がぼやきかけ、気持ちを切り替えるように、

「おこん様、秋世に奈緒様の紅屋の勤めが果たせましょうか。これまで手元に置いてきたために、なにも世間を知らない娘に育ちました」

こんどは秋世のことを案じた。

「母親は、わが子の成長に気付かないものかもしれませんね。秋世さんは姉様に誘われて初めて紅屋開店の手伝いをなさいました。最初は不慣れで戸惑っておられましたが、奈緒様の紅の扱いを見て、関心を持たれたようで、自分の持ち場を

すぐに察して、お茶を出したり、品をきれいに並べ直したりと、奈緒様を支えて勤めを果たしておられましたよ」

おこんは秋世の働きぶりを見ていた。だからこそ奈緒も、さらに手伝いを願ったのだ。

「そうでしたか」

勢津は安堵とも寂しさともつかぬ返事をなした。

「おこん様、私など紅をさした覚えもございません。武左衛門どのと知り合うて、ただただ働きどおしでございました」

「勢津様だけではございませんよ。江戸の女衆の大半が紅などとは縁のない暮しをしております。それでも美しいものに憧れるのは致し方ないことにございます」

おこんは、こんどは秋世の気持ちを代弁した。

「私が四人の子をなんとか育て得たのは、武士になり切れなかった亭主どのの悔しさを晴らすためでした。四人には、貧乏であれ武家の矜持《きょうじ》だけは教え込んだつもりです」

おこんは勢津の告白を聞きながら吾妻橋を渡った。

奈緒の店、最上紅前田屋は、三丁ほど先の浅草寺領の浅草東仲町《ひがしなかまち》にあった。寺領は浅草寺と古くからの付き合いで、東仲町に軒を連ねるお店は代々受け継がれてきた店ばかりだ。ゆえになかなかこの界隈に新たな売り店が出ることはなかった。東仲町の名主が、古着屋が店を畳むというので、そのことを札差の伊勢喜の番頭に伝え、その話が今津屋の由蔵の耳に入った。札差伊勢喜の主の半右衛門は偶然にも白鶴太夫時代の上客でもあった。由蔵が磐音に相談した上で奈緒と親方の本所篠之助に持ち込んだ結果、間口三間奥行き八間半の二階屋を購うことになったのだ。

その金子は、由蔵が山形藩秋元家の江戸家老薄田耶右衛門に願って、引き出した。奈緒が紅花文書を秋元家に譲り渡したことを引き合いに出したのだ。

「前田屋が潰れたについてはなんとも不運であった。だが、紅花文書はすでに元奉公人らが外に持ち出しておったもの、内蔵助名義を奈緒の名に書き換えただけじゃぞ」

「ご家老、その紅花文書が今後どれほどの利を秋元家にもたらすと思われますな。紅一匁金一匁の紅花を何百荷駄《にだ》と扱うことができるのですぞ。もはや参勤交代のたびに私どもに頭を下げられることもございますまい。奈緒様は、富をもたらす紅花文書を秋元家に潔く譲られた。わずか三間間口の店の代価と改築の費《つい》えくらい、大したものではございますまい」

今津屋の古狸、老分番頭の由蔵に睨まれて薄田耶右衛門も承知したのだ。

「ほれ、勢津様、紅の幟が翻《ひるがえ》っている店が、秋世さんの手伝うておられる最上紅前田屋にございますよ」

「江戸に紅屋があるとは知りませんでした」

勢津が洩らし、黄染めと紅の重ね染めをした朱華《はねず》の暖簾を潜ると、

「いらっしゃいまし」

と秋世の若々しい声が響いた。二人に気付いた秋世が、

「母上」

と呟き、立ち竦んだ。

「なんですね、母が紅屋さんを見に来てはいけませんか」

「そうではございません。びっくりしただけです。おこん様、母を誘い出していただきまして有難うございます」

秋世が事情を察して礼を述べた。

そのとき、奈緒は大身旗本の内儀とその娘と思える二人連れに、紅猪口の筆遣

いを見せていた。

「おお、艶やかな紅色じゃこと」

客の母親が感心し、かたわらに置いてあった紅猪口の色に視線を移して、

「紅とは不思議なものですね、紅色が乾くと玉虫色になり、筆先濡らした紅筆で溶くと元の紅色に戻るのですから、女心のようにも思えます」

「はい、私も幾たび経験しても不思議な気持ちにございます」

と応じた奈緒がおこんを見て、目顔でしばらくお待ちくださいと願った。そして、客に注意を戻すと、

「お客様、なんぞお祝い事を控えておられますか」

と質した。

「この娘の祝言が間近なのです」

「それはおめでとうございます」

と即座に祝いの言葉を口にした奈緒が、

「私ども女は、誕生の折りからお宮参り、雛《ひな》祭り、七五三、婚礼、そして還暦《かんれき》の祝いまで紅の世話になり、彩りを加えます。必ずや最上紅はご当家様に幸せを呼び寄せましょう」

とにこやかに挨拶した。

「母上、紅板を二つ頂戴しませぬか」

婚礼を控えた娘が母に言った。

「久しぶりにございますね、私が紅を購うのは」

と言い交わす母娘に奈緒が、

「それぞれお選びの紅板に合った紅筆をお祝いに付けさせていただきます」

と応じた。

おこんは、奈緒がすっかり商いのこつを承知なのに改めて驚いた。

その表裏に最上紅花が咲き誇る光景と紅餅造りの様子を奈緒が描いた紅板と絵筆は、赤い祝い紙に包まれた。その包みを持って嬉《うれ》しそうに、

「また寄せてもらいます」

との言葉を母親が残し、母娘が店を出て行った。

勢津は、奈緒の如才《じよさい》ない客への応対より、紅を扱う手を見ていた。

奈緒が坂崎磐音の許婚であったことも、藩騒動に巻き込まれ、小林家が潰れたことも、病に倒れた父親のために身を売ったことも、そして、江戸吉原の遊女の頂き、太夫に上りつめたことも、さらには紅花大尽の大商人の内儀として落籍さ

れたことも、勢津は武左衛門から聞かされて承知していた。

その奈緒の手はふくよかであったが、職人の手であることを示していた。そのことが勢津を安心させた。

「おこん様、お待たせ申しました」

客の応対を終えた奈緒がおこんに向き直り、おこんが、

「奈緒様、竹村《たけむら》勢津様にございます」

と秋世の母親を紹介した。

「前田屋奈緒にございます。店が開いたばかり、忙しさに紛れて挨拶にも伺っておりません。お許しください」

奈緒が詫びの言葉を口にし、

「店開きの折りには、早苗さんと秋世さんに世話になり、秋世さんには引き続き手助けいただいております」

と言葉を重ねた。

ふうっ

と吐息をついた勢津が、

「秋世が惹かれるのも無理はございません。たしかに、奈緒様が仰ったように女

子は誕生の折りから還暦まで、紅に祝われて生きていくのでございますね」

と言葉を返し、不意に娘に視線を向けると質した。

「秋世、そなたはすでに奉公に出る歳をいくつも過ぎております。奈緒様のもとで一から紅を学ぶ覚悟がありますか」

「母上、私が外に出て奉公してもよいのでございますか」

秋世は、なんの躊躇《ためら》いもなしにこのような言葉を吐いた母親に驚いていた。

「店を見るまでは、どう言おう、どう断ろうと思うてきました。ですが、おこん様に連れられてこの店の敷居を跨《また》いだ途端、この私でさえ、若ければ紅に関わりたかったと思いました。母は、この歳まで紅をさした覚えすらありません。秋世、今なお武家の誇りを持ち続けておられる奈緒様に、そなたを預けます。足手まといにならぬように精々頑張りなされ」

「母上」

と言葉を詰まらせた秋世が、

「父上がなんと申されるか」

「父のことはこの母に任せなされ。私で無理ならば、後ろにおこん様が控えておられます」

と言い切り、奈緒に向かって深々と一礼した。

この日、秋世の奉公が女たちの間で決まった。

店の奥に四畳半とそれとは離れて三畳間があった。

秋世はこの三畳間に住むことが決まった。最上紅前田屋の二階は廊下を挟んで八畳間、六畳間があり、六畳間のほうには納戸《なんど》がついていた。古着屋時代には、この納戸に古着を入れていたようだ。この二坪ほどの板の間を、奈緒は紅の仕事場に改築してもらった。そして、六畳を奈緒の部屋に、八畳間を三人の子供たちに与えた。

十九歳の秋世の給金は年四両二分と決めた。

勢津は、

「まだ秋世がこちらで役に立つかどうかも分かりませぬ。中間《ちゆうげん》女中奉公の三両で十分にございます」

と遠慮したが、

「いえ、三両と決めれば三両分の仕事しかしないものです。秋世さんが紅の仕事を覚えて売り上げが上がれば、給金もその都度手直ししましょう」

奈緒が言い切った。秋世が安藤家の奉公を無給でしてきたことを奈緒は知っていたからだ。

「母上、こちらで給金が出ることは父上には当分内緒にしてください。父があの姿で紅屋に出入りするのは、なんとしても避けとうございます」

秋世の心配は武左衛門に移っていた。

「案じなさるな。こちらを訪ねることがないよう、私が釘《くぎ》を刺しておきます」

と母子が言い合い、

「武左衛門さんのご気性、私は好きですが」

と奈緒が洩らすと、

「奈緒様、さような言葉が父に伝わると奈緒様が迷惑なさいます。決して口になさらないでください」

と必死の顔で秋世が引き止めた。

その刻限、磐音は空也の稽古を見ていた。

磐音が片手に持った木刀めがけて、空也が、

「面」

と叫びながら力いっぱい小さな木刀で叩いた。

「よし、力が籠っておる。じゃが、踏み込みがいささか浅かった。ほれ、もう一度試してみよ」

五歳から始めた稽古で空也はめきめき力を付けていた。だが、十二、三歳になるまでは、稽古のために道場に立ち入らぬことを親子で誓い合っていた。

道場主の幼い嫡子が道場にいれば、どうしても門弟の接し方が甘くなる。ために空也の体ができ、力がつくまで、父が子を見る稽古を続けることにしたのだ。

磐音の目に、安藤家のお仕着せの尻切り半纏《ばんてん》を纏った武左衛門の姿が映じた。

小梅村の母屋の縁側に、武左衛門がどさりと音を立てて腰を下ろした。

「空也、素振りを続けよ」

と命じた磐音が古い朋輩に近付き、問いかけた。

「どうなされた、武左衛門どの」

「勢津がおらぬ。いや、おこんさんと浅草寺門前にできた紅屋に行っておるのは承知じゃ」

「なにが心配です」

磐音はあえて訊いた。

しばらく無言を続けていた武左衛門が川向こうの空に眼差しを預け、

「また一人、娘が旅立つのか」

とぽつんと寂しげに呟いた。

磐音はその呟きに応えられなかった。

「いい、なにも言わんで。坂崎磐音、そなたもあと十年もするとこの武左衛門の寂寥《せきりょう》を経験しようからな」

磐音はなにも答えられなかった。

空也は独り稽古を続けていた。

二

この朝、いつものように庭で独り、真剣抜き打ち稽古をゆっくりと繰り返した磐音は、手に馴染んだ包平《かねひら》を提げて、母屋から竹林と老楓《かえで》の林を抜けて尚武館に向かった。

庭では小田平助が新しい門弟たちに槍折《やりお》れの指導をしていた。

「無理にくさ、腕力で槍折れば振り回すと、腰を痛めるばい。よかね、五体の動きを使うてくさ、槍折れを動かしない。いいね、こげんたい」

六人の新入りが、小柄な平助が自在に扱う槍折れの動きを真剣な表情で見ていた。

磐音はその中に豊後関前藩の藩士が二人交じっているのに気付いた。

一人はまだ十八歳を過ぎたばかりの者で、最近尚武館に入門した古内隆《ふるうちたかし》だ。入門時、挨拶を受けたが、江戸藩邸育ちのためか、体ができていない。尚武館で立ち合い稽古を始める前に、槍折れでみっちり体を作るよう申し渡してあった。

もう一人は三十三歳の米内作左衛門だ。

一年ほど前、国家老坂崎正睦《まさよし》に命じられ、藩船に同乗し江戸入りした。初めて江戸勤番を務めることになった米内家は、代々普請《ふしん》奉行を引き継ぎ、何十年も前から家禄七十五石であった。

磐音が関前藩に在藩した頃、普請奉行は作左衛門の父光由《みつよし》であった。その倅作左衛門が中居半蔵に伴われて小梅村を初めて訪れたとき、元の職掌が普請奉行と聞いた磐音は、父親の光由の顔を思い出した。

作左衛門は、十四、五の歳から親父のもと普請場に通って仕事を覚え、九年前に父親の隠居とともに普請奉行の職を受け継いでいた。

磐音は、正睦にしては大胆な抜擢《ばってき》だな、といささか訝しく感じた。

だが、江戸勤番が初めての米内は、関前藩の財政を支える藩物産事業の仕組みをすべて承知し、その仕事ぶりは藩物産事業に何年も携わってきた老練な藩士より確かだという。

そのことを磐音に告げたのは中居半蔵だ。藩の命運を担う物産事業に当初から携わってきた中居は、留守居役に就いてのち、物産事業に携わる後任らに対する評価は常にきびしかった。

「どれも使い物にならん。商いなど武士の務めに非《あら》ずと思うておるゆえ、仕事がおろそかになる。特に仕入れじゃ、売り手の口車に乗せられて言いなりに仕入れ値を決め、しゃあしゃあとした面をしておる者ばかりじゃ。そのような奴《やつ》に、最初から取引きをやり直させると、仏頂面で相手に値引きをさせて、これでよいだろうといった顔で書き付けを上げてきおる。値引きするには値引きする理由がなければならぬ。そのいわれを分からんで、値を下げたからよいと思うておる輩《やから》が多すぎる」

と糞《くそ》みそに酷評するのが常だった。

おこんなどは半蔵のいつもの愚痴を聞くたびに、

「おやおや、本日もだいぶ中居様の虫の居所が悪うございますね。関前藩には中居様のお眼鏡《めがね》に適《かの》うたお方はおられぬのでございましょうか」

今津屋で十五の時からお店奉公してきたおこんが苦笑いするのが習わしになっていた。

米内作左衛門が正睦の命で江戸勤番、それも物産所勤めになった折りも、

「おい、磐音、そなたの親父様はいささか呆《ほう》けられたやもしれぬぞ。三十過ぎの普請奉行どのを江戸に送ってこられたわ。石垣積みが江戸で商いができるとでも思うておられるのであろうか」

とぼやいたものだ。ところがそれから三月《みつき》もせぬうちに中居半蔵の考えが変わったか、磐音に言った。

「尚武館の先生や、いつぞやのそなたの親父様が呆けられたのではないかという前言じゃがな、あれは撤回じゃ。忘れてくれ」

「またどうした風の吹き回しでの前言撤回にございますか」

「米内作左衛門の一件よ。あやつ、一見鈍重《どんじゆう》そうに見えるが、どうしてどうして、数字が読める。なにより関前領内で調達する物産の値動きをすべて諳《そら》んじておってな、それぞれの物産のよきところも悪しきところも承知しておる。ゆえに江戸の商人に対して、ここは頑張りどころというつぼを外さずに交渉しおる。あやつ

のやった取引きで、一文とて訝しい数字はない。そなたの親父様はな、七十五石の普請奉行を伊達に江戸に送られたのではなかったのだ。家禄五十石加増も順当じゃ」

と告げた。

関前藩で代々の家禄七十五石が百二十五石に加増されることなど滅多にない。百石を超えれば関前藩では中堅といってよい。

半蔵の言葉を聞いて安堵すると同時に、正睦が未だ関前藩の柱石《ちゅうせき》として在《あ》り続けなければならぬことを覚悟した。義弟にして坂崎家の養子となった遼次郎《りょうじろう》がまだ正睦のあとを継ぐほどには育っていなかった。正睦に一日でも早く隠居して老後を楽しんでほしいと思うと同時に、遼次郎が独り立ちするまでの数年の間、頑張ってほしいとも磐音は考えた。

その磐音の迷いを絶つように半蔵が言い出した。

「尚武館の先生、ちと願いごとがござる」

「なんでございますな」

「米内じゃがな、読み書き算盤《そろばん》、商人との交渉は心得ておる。だが、剣術のけの字も知らぬというではないか。いかに大小が飾り物に堕した武士とはいえ、藩物産所勤めの藩士が剣術の一つも知らぬではいかぬ。米内作左衛門の入門を許してもらえぬか」

と願ったのだ。

磐音は父が推挙して江戸屋敷勤番、それも藩物産所に送り込んだ人物に関心を抱き、半蔵の頼みを承知した。それがおよそ十月《とつき》も前のことだ。

米内作左衛門は、二日か三日に一度、必ず明け六つ（午前六時）に尚武館に姿を見せて、小田平助の槍折れの稽古を続けてきた。半蔵が、剣術のけの字も知らぬと言ったのは事実だった。だが、単調にして険しい槍折れの稽古を、持ち前の我慢強さで乗り越え、近頃では動きに流れが出てきたのを見ていた。

磐音は足を止めて、しばし新入り門弟たちの槍折れの稽古に見入った。するとかたわらに平助が姿を見せて、

「磐音先生くさ、そろそろ一年たい。よう我慢しちょるのと違うね」

と米内作左衛門を見ながら言った。

「平助どの、元来普請場で自ら体を動かしてきたというゆえ、体はできておりました。ただ武術の動きに慣れていなかっただけで、どうやら動きが出てきましたな」

「わしもそげん思うちょります」

「ならば道場に入ることを許しましょうか」

槍折れの稽古が一段落した頃合い、小田平助が、

「米内さん、井戸端で足を洗いない。道場で磐音先生が待っちょらすたい」

と道場入りを許す言葉を吐いた。

「小田先生、それがし、槍折れ稽古は終わりにございましょうか」

「尚武館ではくさ、槍折れは体造りに欠かせん稽古たい。住み込み門弟衆も毎朝、四半刻（三十分）ほど槍折れで体を温めて道場稽古に移らすと。あんたもたい、これからも槍折れ稽古を続けない。よう頑張らしたもんね」

と井戸端に行くよう平助が促した。

「はっ、有難うございました」

米内が抑えた声ながら喜びを見せて井戸端に走っていった。

尚武館では、道場がさほど広くなかったために槍折れは庭稽古、それも足袋《たび》跣足《はだし》か素足でと決まっていた。その稽古を十月、辛抱強く努めてきたのだ。

残った五人の新入りが、

（いいな、米内さん）

という表情で米内の背を追っていた。

「あんた方もたい、早う米内さんのごと、道場稽古が許されるようにたい、もうひと頑張りせんね」

という平助の言葉で槍折れの稽古が再開された。

米内作左衛門は井戸端で丁寧に顔と手足を洗った。気持ちを新たに尚武館道場入りした。そして、道場の端に座すと神棚に拝礼し、道場入りを感謝した。

磐音は、利次郎と霧子の姿を認めていた。利次郎が尚武館に稽古に来る日には大抵霧子もともに従い、これまで同様の稽古をしていった。雑賀衆の中で物心ついた霧子だ。体を動かすことは、暮らしの一部になっていた。利次郎との祝言を前に霧子が利次郎に乞うたのは、利次郎が尚武館に出稽古に向かう折りは、霧子を伴い、稽古を許すという一条だった。

そのようなわけで、利次郎と霧子の夫婦がそれぞれ相手に稽古をつけていた。

「利次郎どの、そなたに許しを乞うておこう。米内作左衛門どのじゃがな、本日より道場稽古を許すことにした」

と豊後関前藩の剣術指南方の利次郎に告げた。

「米内どのは元々体を動かしてこられた方です。それにしてもよう小田様の厳しい槍折れ稽古、一年近くも飽きずに続けてこられました」

「うちにきて十月にござる」

「磐音先生、小梅村に来られぬときは、江戸藩邸の道場や藩物産所で独り稽古を続けておられました。ゆえにこちらの稽古に藩邸分を足せば、十分に一年にはなる勘定です」

　と利次郎が答え、

「江戸の藩邸暮らしが初めてとなると、いろいろと気遣いがございます。体を動かすことで発散されてこられたのでしょう」

　と言い添えた。

　豊後関前藩と関わりがある二人の前に、米内作左衛門が緊張の面持ちで歩み寄ってきた。

「重富指南方、磐音先生より道場での稽古のお許しをいただきました。有難うございました」

　と剣術指南方の利次郎に報告した。

「磐音先生より聞きました。地道な稽古をよう十月も頑張られましたな。それだけで、米内どのの体は以前と大いに変わっておりましょう」

と利次郎が真面目な口調で言った。

豊後関前藩に御番衆として仕官し、剣術指南方を命じられた利次郎もまた、以前のでぶ軍鶏ではなかった。米内とはほぼ同格の禄高であり、歳も二人はそう違わなかった。ために丁寧な言葉遣いで応対した。

「米内どのの剣術の手ほどき、江戸藩邸剣術指南方の重富利次郎どのに願おうか。どうじゃな」

と磐音が利次郎に頼むと、米内も、

「剣術指南方、お願い申します」

と頭を下げた。

「畏《かしこ》まりました」

利次郎が受け、まず米内の竹刀選びから直心影流の初伝《しょでん》を始めた。

磐音がふと見所を見ると中居半蔵の姿があった。半蔵が見所から手招きして磐音を呼び寄せた。

「磐音先生、米内の道場入りを許したようじゃな」

「倦《う》まず弛《たゆ》まず、手を抜くことなく槍折れの稽古を続けてこられましたからな」

「剣術の修行で肚《はら》が据わるのはよいが、わが藩にはこれ以上剣術家は要らぬぞ」

と半蔵が冗談を言った。

「父上とて、米内どのを剣術家にするために江戸藩邸の勤番に命じたのではございますまい」

「そなたの親父様は深慮遠謀《しんりよえんぼう》の御仁じゃ。藩物産所の組頭に育てるために江戸藩邸に送り込まれたのじゃ」

「稲葉諒三郎《いなばりようざぶろう》どのの後任にございますか」

「というてよいかの。わしが江戸藩邸を見渡してもなかなか人材がおらぬ。そのことをご家老は見抜いておられた。何年か前に江戸入りされた折りから、このことを考えてこられたのだと思う」

国家老坂崎正睦は天明の関前騒動の折り、稲葉諒三郎の落ち着いた言動を見極め、江戸藩邸物産方組頭に任じていた。

正睦と半蔵の期待に応えて稲葉は関前藩の藩財政を左右する物産方組頭として立派に務めを果たしてきた。

「こたびの父の考え、いかがですか」

「さすがは関前藩の古狸《ふるだぬき》、いや、そなたの親父様であったな。米内作左衛門は、切れ者ではない。だが、地道に努力して先の見通しを考えて動きよる。あと二、三年もすれば、あやつに関前藩の物産事業を任せても大丈夫かと思う」

　と半蔵が言い切った。

「あやつを連れて、最上紅前田屋の店開きに参ったときじゃがな。米内は小林奈緒どのを知らぬふりをしていたが、それがしは承知じゃと思うた。いや、許婚のそなたがいた時代の奈緒どののことじゃ、なにがあったというのではない。小林奈緒どのは、あの頃、関前藩の若侍の憧れであったゆえ、米内が奈緒どのを憧れの女子として見ていたという程度のことだ。それはどうでもよいが、あやつが紅屋からの帰り道、なにを言うたと思うな」

「はて、なにを言われたか。奈緒のことですか」

「奈緒どののことともいえる」

　と半蔵が応じた。


「……中居半蔵様、平安の昔、紅花を朝廷に献上したのは最上ではございませなんだ。伊賀《いが》、伊勢《いせ》、参河《みかわ》、甲斐《かい》、相模《さがみ》、武蔵《むさし》、安房《あわ》、上総、下総、信濃《しなの》、上野《こうずけ》、下野《しもつけ》、加賀《かが》、越中《えつちゅう》、因幡《いなば》、伯耆《ほうき》、石見《いわみ》、紀伊、備後《びんご》、安芸《あき》にございました。それが江戸に入ると、出羽の最上、山形、米沢《よねざわ》、庄内《しょうない》、陸奥の仙台《せんだい》、常陸《ひたち》、上総、信濃、伊賀、紀伊、摂津《せっつ》、播磨《はりま》、伊予《いよ》、伯耆、肥後《ひご》、筑後《ちくご》などと、紅花を栽培する土地が変わっております。伊予、肥後、筑後で産する紅花を、豊後の関前で栽培できないわけがございません。なにより、関前藩に関わりのある小林奈緒様がおられるのです。値の張る紅花栽培と紅染めなどの技を奈緒様から習えば、関前藩の新たなる藩物産の品になりましょう」

「……と、あやつは言いおった」

「米内どのはすでにさようなことまで考えておられましたか」

「古狸どのが見抜かれた米内作左衛門の才じゃ。一筋縄ではいかぬわ」

と半蔵が言った。

二人の視線の先で、利次郎が米内に竹刀の扱い方の初歩を教えていた。どうもすぐには覚えきれぬようで、何度も自らに言い聞かせながら体に覚え込ませようとしていた。

「ふーむ、あれでは剣術遣いになる恐れはないな」

と半蔵が呟いた。

「大器は晩成す。あと十年もすれば、米内どのが関前藩の剣術指南方に座っておられるやもしれませぬ」

「まずそれはなかろう。それより豊後の山間部で紅花栽培を始めるのが先であろう」

と半蔵が磐音の言葉を一蹴した。だが、半蔵は米内のことを磐音に告げに来ただけとも思えなかった。

「中居様、本日はなんぞ御用があってのことですか」

と磐音が改めて半蔵に質したとき、

「頼もう！」

という破《わ》れ鐘のような大声が尚武館の玄関先に響いた。道場破りであろうか、このところ江戸の各派の道場に武者修行の途次と称して武芸者が出没し、草鞋銭《わらじせん》を強要しているという。そのような噂も尚武館に届いていた。だが、尚武館にとってはお馴染みの光景、門弟らも格別に驚いたふうもなく、壁際に下がった。

速水右近が応対し、二人の武芸者を連れてきて、

「磐音先生、伊予の生まれの関口《せきぐち》流剣術金剛寺《こんごうじ》吟五《ぎんご》郎《ろう》どのと門人一名、直心影流尚武館道場主、坂崎磐音との立ち合いを所望にございます」

と告げた。

　訪問者の金剛寺某は六尺四寸の巨漢で、僧兵のような形《なり》をしていた。

「右近どの、当道場では後学のために弟子と立ち合い、その後、その要あらば道場主が対戦する仕来りを話されたか」

　利次郎が道場の一角から右近に質した。

「忘れました。では、それがしがまず立ち合いましょうか」

　と右近が言い出した。近頃めっきり腕を上げた右近だが、技量の知れぬ相手のこと、利次郎は迷ったふうに田丸輝信を見た。

　磐音はなにも言わず、その模様を眺めていた。

「重富利次郎どの、不肖田丸輝信が先陣を申し受けたい」

　輝信が対戦を志願した。

　利次郎が磐音を見た。

　磐音が頷いた。田丸輝信が目標を見失っているのを承知していたからだ。その当人が志願したということは、自ら迷いを振り切りたいからだろうと思ったのだ。

「ならば田丸輝信どの、お相手を」

　と願い、利次郎が審判の役を自ら買って出た。

「あいや、何人相手いたさば坂崎磐音どのと立ち合いができるな」

金剛寺吟五郎が利次郎に質した。

「失礼をいたしました。それがしが坂崎磐音にござる。いささか客人と話がござってな、門弟衆が気を利かせたのでござろう。わが門弟田丸輝信にてご不満の折りは、それがしが立ち合い申す」

と磐音が言い切り、視線を中居半蔵に戻した。

「よし」

金剛寺が手早く四尺は超えようかという枇杷材の大木刀を手に、道場の真ん中に飛び出した。田丸輝信は、ゆっくりと金剛寺の前に立ち、一礼して、

「ご指導願います」

と応じた。

田丸輝信が木刀を構えるか構えないうちに、金剛寺吟五郎は大木刀を振りかざして六寸は丈の低い田丸輝信に襲いかかっていった。

輝信は相手の動きを読んでいた。姿勢を低くして飛び込み、相手の脇腹に木刀を叩き付けるように振るった。見事な、

「後《ご》の先《せん》」

であった。

肋骨《ろっこつ》が何本かへし折れる音が響いて、巨体が道場の床に転がった。

「勝負ござった」

と利次郎が宣告し、

「右近どの、そなたが呼び込んだ相手じゃ。門前まで運んで差し上げろ」

と右近ら若手門弟に命じた。

三

この日、小梅村には来客が多かった。

母屋では、中居半蔵が磐音と四半刻ほど二人だけで話し合って辞去した。

半蔵は船着場に待たせていた米内作左衛門らとともに、藩の船に乗って戻って行った。

おこんと早苗が茶菓を供した茶碗などを下げに来て、おこんだけがその場に残り、

「中居様の話は、関前藩にとって悪しきことにございましたか」

と尋ねた。

二人だけで深刻な表情で話していたからだ。

磐音はおこんの問いにすぐには返事をしなかった。

「これは失礼いたしました。御用の話に口を差し挟みました」

おこんが謝り、立ち上がりかけた。

「まあ、待て、おこん」

と磐音が引き止め、

「そなたの考えを聞いておこうか」

と前置きした。

おこんは座り直し、なんでございますかという表情で亭主の顔を見た。

「鎌倉東慶寺《かまくらとうけいじ》に入られたお代《だい》の方様《かた》のことじゃ。近頃、実高様がお代の方様の名を頻繁に口にされるそうな」

「お代の方様が仏門に入られて何年になりますか」

「早三年が過ぎた」

「夫婦というもの、そう易々と別れることができないものなのでしょうね」

「われら、幸いなことに、さような境遇に陥ったことがないゆえ想像はつかぬ。お代の方様も一時の迷いに陥られた末の東慶寺入りであった。実高様は家臣の手前、仏門入りを認めざるを得なかったのであろう。だが、長年連れ添われた夫婦すべてが、仲たがいして別れるわけではなかろう」

　お代の方が江戸藩邸でいささか度を越え、藩政などに口を差し挟むようになったのは、実高の国許滞在の折りのことだ。国許の側室との間柄が仲睦まじいと告げ口する家臣がいて、お代の方は正室の冷静さを失った。

「殿は、お代の方様を還俗《げんぞく》させて、再び江戸藩邸にお迎えになる心積もりでございますか」

「中居様は、殿の心中をそう推量しておられる」

「殿様のお気持ちを確かめられたのではないのでございますか」

「この一件、坂崎磐音しか口が利けぬ、と中居様は申されて、それがしに実高様と話すよう願われたのじゃ」

　おこんは、わずかな間沈黙し、問い直した。

「お代の方様のお気持ちはいかがにございましょうか」

「東慶寺に入られたことは間違いではなかったと思う。お代の方様には心を鎮める歳月が要った。それがしが父とともにお会いしたとき、すでにお代の方様の気持ちは、口にこそ出されなかったが、時節を経てしかるべき時が来たら実高様との復縁に力を貸してもらいたいと、そのような気持ちが父にもそれがしにも伝わってきた」

「しかるべき時が来たと、そなた様はお思いですか」

おこんの念押しに磐音は頷いた。

「じゃが関前藩の家臣でもないそれがしが、藩主の私事に口を差し挟んでよいものであろうか」

おこんが微笑んだ。

「おかしいか、おこん」

「おかしくはございません。ですが、坂崎磐音は十数年前に藩を離れた後も、福坂実高様とは強い絆で結ばれております。そのことは知る人ぞ知るではございませぬか。実高様の胸襟《きょうきん》を開かせるのは、坂崎磐音というお方しかおりませんよ」

磐音が沈思した。そして頷いたとき、尚武館のほうから今津屋の由蔵がうつむき加減で母屋に向かって歩いて来るのが見えた。

由蔵はなにか考えごとをしている様子だった。

それを見ていた磐音とおこんのもとに早苗が、

「母屋の玄関に速水の殿様のお駕籠《かご》がお着きでございます」

と知らせに来て、おこんが由蔵の応対を磐音に任せて、養父の出迎えに玄関に向かった。

縁側まで来た由蔵がようやく今津屋の御寮の庭を眺める気になったか、泉水の周りを飛ぶ秋蜻蛉《あきあかね》の群れを見た。いつもの年よりも秋蜻蛉の飛ぶ時期が遅れていた。夏の長雨のせいであろうか。

仲秋の青空が広がっていた。

千代田城の真上を一片の黒い雲が覆っているのに磐音は気付いた。

おこんが速水左近を案内してきた。

「おや、速水の殿様がお見えでございましたか。ならば私はしばし尚武館で待たせてもらいましょうかな」

沓脱石《くつぬぎいし》の前に立つ由蔵が、速水の表情を窺《うかが》う気配を見せた。

「今津屋の老分の用事も、それがしの話も同じではないか。ならば同席しても構うまい」

速水左近が推量して言い、由蔵も頷いたため、おこんが二人の席を整えた。

おこんが茶菓を仕度するために下がると、速水が、

「由蔵、そなたの話を聞こう」

と催促した。

「速水の殿様、私ども商人の話は風聞の類にございます。恐れ多きことゆえ、いささか殿様の前では憚《はばか》られます」

「この期《ご》に及んでそれはあるまい。上様の御不例《ごふれい》のことであろう」

「いかにもさようでございます」

と応じた由蔵が覚悟を決めたように、

「家治様の御不例が進行していると聞き及んでおります。風聞の類ゆえ、真偽のほどは分かりませぬ」

「とは申せ、そなたら両替商は城中にいくつもの手蔓《てづる》を持っておろう。それがしよりも詳しいのではないか」

「いえ、家治様の御側御用取次でいらした速水様のような直な話ではございませぬ。この話、殿様にお譲り申します」

毎月十五日は、参勤上番で江戸藩邸に滞在中の諸大名方が登城する。そして、将軍にお目にかかる月次御礼《つきなみおんれい》が行われた。

「本日の月次御礼は中止になった」

速水左近が磐音に告げた。

この日、八月十五日は月次御礼の登城日だった。だが、「御不例」、つまり風邪《かぜ》を理由に行われなかった。

豊後関前藩の中居半蔵も実高の供で登城したはずだったが、お代の方の一件が頭を支配していたか、月次御礼が行われなかったことを磐音に告げなかった。あるいは尚武館には尾張、紀伊の家臣も稽古に来るゆえ、すでにだれからか聞き及んでいると半蔵は考えたか、敢えて口にしなかった。

磐音にとって初耳だった。

「家治様は将軍位に就《つ》かれて二十六年、一度として月次御礼など儀式を欠席なされたことはなかった。初めて風邪を理由に取り止めになった」

「風邪ではございませぬので」

「風邪などではない。家治様のお体にむくみが生じて、水腫《すいしゅ》と診断されておる。ために奥医師河野仙寿院《せんじゅいん》が調薬されてこられたが、なかなか快方に向かわれぬ。そこで本日、奥医師大八木《おおやぎ》伝庵どのがお体を診《み》られた。明日には田沼意次様の強い要望により町医師日向陶庵《ひゅうがとうあん》と若林敬順《わかばやしけいじゅん》両人が診察いたすことが決まった」

速水の言葉に由蔵が頷き、言った。

「いささか不敬な言葉にございますが、かようにくるくるとお医師を代えられるのは決してよい兆候ではございません」

「この言葉、この場だけで聞き流してくれぬか。世子の家斉様はいつなりとも登城できるよう仕度をしておられる」

と速水が言及した。ということは、家治がいつ身罷《みまか》っても不思議はないと言ったのも同然だった。

「家治様はおいくつでございましたかな」

「ちょうど五十歳であらせられる」

由蔵の問いに速水が即答した。

「人間五十年と信長様が桶狭間《おけはざま》の戦い前夜に幸若舞《こうわかまい》を謡《うた》い舞われましたが、あれは戦国の世の寿命にございましょう。すでに穏やかな歳月が百八十有余年続いております。五十は未だお若うございます」

由蔵の言葉に首肯した速水が、

「そなたがわざわざ小梅村に参ったのは、家治様が身罷られたあとを考えたからであろう」

と家治の病状から話題を転じた。由蔵が頷いた。

「老中田沼意次様の頼みは家治様の御本復しかない。じゃが、それは難しいところじゃ」

「その折り、田沼様はどう動かれますかな」

「田沼様の登城行列の御近習衆《ごきんじゅしゅう》の顔ぶれが変わった。用人井上寛司《いのうえかんじ》どのがこの一年密かに腕利きの者を田沼家家来として登用したそうな。中でも本心鏡智流《ほんしんきょうち》槍《そう》術《じゅつ》梅龍軒一宇斎《ばいりゅうけんいちうさい》、肥後相良《さがら》家に伝わるタイ捨《しゃ》流の剣術奥伝会得者丸目《まるめ》鎌截《けんさい》なる者は凄腕とか」

「速水様、この期に及んで田沼家用人井上様は、さような者を集めて田沼意次様の身を守らんとしておられるのでございましょうかな」

由蔵が訊いた。

「あるいはだれぞに報復を加えようとしておられるのか」

「だれぞとはどなたのことで」

由蔵が磐音の顔を見た。

「ただ今の田沼様に小梅村に手を出す余裕はあるまい。家治様亡きあと、城中でいかにして力を保持しうるか、そのことしか念頭にはござるまい。だが、家斉様の背後には御三家御三卿がついておられる。もはや勝負は決したと思えるのじゃがな」

速水左近は、家治亡き後の城中の勢力が交代する可能性を示唆した。

「それだけに、田沼意次様は必死で生き残りを図っておられるのでございますな」

「そういうことだ」

と由蔵に答えた速水が、

「磐音先生、家斉様の御側衆からこちらに剣術指南の沙汰《さた》は下りませぬかな」

と、黙したまま速水と由蔵の問答を聞いていた磐音に問うた。

「ございませぬ」

おかしい、という表情を見せた速水は、

「家治様の御不例ゆえ、動いてはならじと考えられたか。かような時節ゆえ、家斉様の周辺警護が大事なのじゃが」

と独白した。

「速水様、それがし、家基様の悲劇と同じ苦しみを再びこの身に負いとうはございませぬ。もし、家斉様の側近衆がさようなことをお考えならば、坂崎磐音にその意思はないとお伝えくだされ」

磐音は、そうでなくとも佐々木家には徳川家からの「秘命」が託されていると思った。なんぞ大事が起こった折りは、だれの命なくとも動かねばならないことを、神保小路の佐々木家の敷地に埋められていた古甕《ふるがめ》に隠された大小の刀が教えていた。このことが大事だと磐音は胸に言い聞かせた。

速水左近はしばし考えて、

「そなたは、田沼意次様の動きを見張ることに専念することが、ひいては家斉様の十一代就任が無事果たされることにつながると考えるのだな」

と独り得心した。

速水左近と由蔵が小梅村を去ったあと、磐音は弥助、小田平助、田丸輝信、神原辰之助らを母屋に呼んだ。

磐音は速水左近と由蔵がもたらした情報を告げた。その上で、

「ご一統は言わずとも理解されたと思うが、われら尚武館のほうから政《まつりごと》に関わることはござらぬ。じゃが、これまでの経緯《いきさつ》からいうて、老中田沼意次様がどう動かれるか、それによってはわれらも関わりを持つやもしれませぬ。ゆえに家治様の御回復を祈りつつ、警戒を怠りなきよう」

と注意を喚起した。

「磐音先生、それほど上様の病は重篤にございますか」

弥助が尋ねた。

弟子であり、娘同然の霧子が利次郎に嫁いでのち、弥助はしばらく元気をなくしたようで尚武館の門番季助の手伝いなどをして静かに過ごしていた。

「世子の家斉様が、いつ登城してもよいように待機しておられるそうな」

磐音の言葉に弥助が頷き、城と神田橋《かんだばし》御門内の田沼屋敷を見張ると言った。

「弥助どの、独りでの務めです。無理をしないでくだされ」

「影の者は独り働きが基でございますよ。霧子がいなくともご案じくださいますな」

と弥助が言い切った。

「弥助さんや、わしがくさ、時折りあんたの顔ばくさ、見に行こうと思うが、どげんね。迷惑ね」

「小田様、わっしが生きておるかどうか確かめに来てくださいますか。心強いことじゃ」

「尚武館の三助年寄りやろが。城の界隈にくさ、連絡《つなぎ》がつけられるところがなかろうか」

「あるある」

弥助が嬉しそうな顔をした。鎌倉河岸《かまくらがし》にある白酒が名物の酒問屋豊島屋十右衛門《としまやじゆうえもん》の店を平助に教えた。

「あのう」

と辰之助が言い出した。

「三助年寄りばかり働かせて、われら住み込み門弟の働き場所はないのでございますか」

「辰之助さんや、そなたら門弟衆が出られるのは、なんぞ動きがあったあとのことですよ。ここは年寄りに任せなされ」

と弥助に断られた。ともかく鎌倉河岸の豊島屋を連絡場所に決めて、弥助はその日のうちに尚武館から姿を消した。


翌八月十六日、田沼意次の強い要請で、町医師日向陶庵と若林敬順が新規に召し出されて、

「お目見医師《めみえいし》」

になり、家治の水腫の治療に加わった。

十八日、家治は、

「御順快」

に向かったと発表された。さらに十九日には田沼意次推挙の両名が奥医師に昇格し、俸禄二百俵を支給される身分になった。日向、若林の両医師は、家治を診断した上で、この日から自分たちが調合した薬を家治に与えた。ところが診断と投薬が不適切だったのか、家治の病状は急激に悪化した。

「田沼様がまた毒薬を盛られた」

と城中に噂が立ったのはこのあとのことだ。

また、とは当然徳川家基の暗殺を指していた。

だが、家基と家治とではまるで事情が違う。田沼意次の頼みは、家治の回復しかないのだ。毒殺を企てる要はない。

二十日になり、日向、若林の両医師は家治の枕元から退けられ、ふたたび奥医師の大八木伝庵が家治の治療の指揮をとることになった。

この夕刻、磐音は桂川甫周国瑞《かつらがわほしゆうくにあきら》を屋敷に訪ねた。ちょうど診療を終えた国瑞が、

「尚武館の先生か、よいところに見えられた」

と歓迎してくれた。

「なんぞよきことがございましたかな」

「いや、ご存じとは思うが、家治様があのような状態ゆえ、なんとのう、気が滅入っておったのです。坂崎さんの顔を見ながら酒でも傾ければ気分が変わろうかと思いましてね」

「家治様の御不例、快方に向かわれたと聞き及びましたが」

弥助の調べは、平助の口を通して磐音に伝えられていた。

「いえ、本日から家斉様が登城なされておられます」

国瑞が磐音の知らぬことを告げた。

「すでに御三家御三卿もその日を想定し、密かに仕度にかかっておられるそうな」

と家治の病が不治であることを告げた。

この日、磐音は一刻（二時間）ほど酒を酌み交わしながら、国瑞と桜子《さくらこ》を交えて四方山《よもやま》話をして、時を過ごした。もはや城中の話が出ることはなかった。

桜子は、浅草寺門前に開業した最上紅前田屋に白鶴紅を買い求めに行き、奈緒に初めて会った話をした。

「それにしてもなぜ、坂崎様の周りには奈緒様、おこん様と見目麗《みめうるわ》しい女衆が集まるのでしょうか」

「桜子、そなたも坂崎さんに惚《ほ》れた口ではないか」

「いかにもさようでした。ですが、坂崎様は、まるでこちらのことは見向きもされませんでした。奈緒様を拝見して改めて坂崎磐音様の人望を知った次第です」

と桜子が言い、

「医師には見目麗しい女衆も金も寄ってはこぬでな。桜子、私で辛抱せよ」

と国瑞が言い、

「むくつけき剣術家にも、女衆も金子も寄っては参りませぬ。それを不憫《ふびん》に思うたおこんがそれがしを拾うてくれたのでしょう」

と磐音が答えて、三人で大笑いをしながら時を過ごした。

四

家治の跡継ぎになる西の丸徳川家斉が毎日登城して見舞う、

「病状」

が続いていた。時に御三卿の田安《たやす》家、一橋《ひとつばし》家、清水《しみず》家も城に上がって家治の様子を窺った。御三家も使者を送って、

「次の時代」

に備えていた。むろん老中田沼意次も家治のおそば近くに控え、睨みを利かせていた。

家治亡き後の政権争いが静かな緊張の中に展開されていた。

八月二十五日、幕府の奥医師の全員が慌ただしく登城した。

小田平助は、その夕暮れ、鎌倉河岸の豊島屋の暖簾を潜った。だが、弥助の姿はなかった。それればかりか、いつも込み合っている店に客の姿は少なかった。特に屋敷奉公の中間小者の姿が見えなかった。

平助はそのことを気にしたわけではない。

「山ならば富士、白酒なれば豊島屋」

と称された老舗の酒屋の下り酒と田楽《でんがく》が気に入って、弥助との連絡《つなぎ》をこなすことが楽しみになっていた。

「いらっしゃい」

馴染みになった小女《こおんな》が平助を迎えてくれた。

「いつものごと、酒とくさ、田楽ばくれんね」

「有難うございます」

と元気な声が応じて台所へと入っていった。

平助は入口近くのいつもの席に座ろうとしたが、武家が二人向かい合って酒を飲んでいた。ために二つほど空けて席についた。二人の武家は無言で酒を舐《な》めるように飲んでいた。

「弥助さんは遅かばい。御用が忙しいとやろか」

と独り言を言いながら酒が来るのを待った。

そのとき弥助は、一橋御門近くの四番明地《あけち》にいた。

旧暦八月二十五日は、ただ今の九月中旬に相当した。ために、

「秋の日は釣瓶《つるべ》落とし」

急に辺りが暗くなっていった。

弥助がそこにいたのは、登城した桂川国瑞の下城を待ち受けるためだ。最前から一刻以上も待っていたが、馴染みの駕籠がやってくる気配はなかった。ようやく六つ半（午後七時）を過ぎた頃、桂川家の家紋入りの灯《あか》りを灯《とも》した駕籠がやってきた。

弥助は辺りを見回し、まるで桂川家の迎えででもあるような動きで乗り物に歩み寄り、だれとはなしに一礼した。その気配に国瑞も気付いた。

「弥助さんか」

「へえ」

駕籠を担ぐ陸尺《ろくしゃく》たちにさえ聞こえない低声《こごえ》で応じた。

国瑞はしばし沈黙したまま駕籠に揺られて駒井小路《こまいこうじ》へと向かっていたが、不意に、

「十代様が身罷られた。そう小梅村の主に伝えてくれぬか」

「承知いたしました」

弥助は応じると、宵闇《よいやみ》に紛れるように四番明地を囲む堀の水辺に立ち止まり、桂川国瑞の駕籠が遠ざかるのを見詰めていた。駕籠の灯りは上野安中《あんなか》藩板倉《いたくら》家の屋敷の向こうへと消えていった。

弥助が動き出そうとしたとき、数人の者に囲まれているのに気付いた。

（役人か）

と最初に考えた。だが、灯りもなく無言で囲んだ気配に、

（違う）

と思い直した。となると、神田橋御門内の屋敷に関わりのある者たちか。平助ならば、豊島屋で無言裡に酒を飲んでいた二人が混じっていると察したかもしれない。だがその日弥助は、豊島屋に足を踏み入れてはいなかった。

弥助は素知らぬふりをして一橋御門に向かって歩き出した。すると包囲の輪が急速に縮まり、殺気が押し寄せてきた。

弥助は懐に呑んだ匕首《あいくち》に手をかけた。

宵闇に刃が光り、弥助に鋭い一撃を送ってきた相手が不意に悲鳴を上げ、つんのめるように倒れ伏した。さらに二人目、三人目も礫《つぶて》のようなものの攻撃を受けて倒れていった。

一橋御門のほうで提灯の灯りが見えたこともあり、弥助の襲撃者たちは無言裡に退《ひ》いていった。

「大名家の家来の女房が、さような真似をしてよいのか」

姿を見せない相手に弥助が問いかけた。すると闇の中から霧子が姿を現した。

「余計なことを」

と呟く弥助の声が嬉しそうだった。

「利次郎様にはお許しを得ております」

声だけは武家方の女房のように答えた霧子は、これまで影御用を務める折りの地味な形《なり》だった。

「いつからわっしを見張っていた」

「はて、いつからでございましょう。重富霧子はどなた様かの弟子にございますゆえ、師匠の考えは察しがつきます」

「余計なことを」

と重ねて応じた弥助が、

「豊島屋の田楽を土産《みやげ》に、小田様とともに小梅村に戻れ」

と命じた。


その夜、平助が霧子を伴って小梅村の尚武館の母屋に姿を見せ、ぷーんと田楽の匂《にお》いが漂った。

「あら、豊島屋の田楽なの」

おこんがちょっと嬉しそうに顔を上げ、霧子から受け取った。

だが、平助と霧子の顔に笑みはなかった。それを察した磐音が、

「おこん、輝信どのらを呼びなされ」

と命じた。亭主に頷き返したおこんが台所へ姿を消すと、霧子が、

「家治様が本日身罷られた、と駒井小路の桂川先生が師匠に申されたそうです」

「ついにお亡くなりになったか」

磐音はいよいよ老中田沼意次が追い詰められたことを悟った。だが、手負いの虎ほど凶暴なものはなかった。

霧子は弥助が四番明地で襲われたことを告げた。

「弥助どのは神田橋御門を見張るために残られたか」

「はい。決して無理はせぬと磐音先生に伝えてくれ、と言い残されました」

「霧子、そなたも残ると言うたのではないのか」

「ですが、師匠からは、もはやそなたは豊後関前藩家臣の女房じゃ、そのことを忘れてはならぬと諭されました」

と霧子が答えたところに、輝信、辰之助、右近ら住み込み門弟衆が姿を見せた。

「あれ、霧子さんがおられるぞ」

と右近が驚きの声を上げるのへ、

「まさか、ということはあるまいな」

「田丸様、まさかとはなんでございますか」

「利次郎と喧嘩《けんか》をして追い出されたということはないな」

「田丸様、私は利次郎様に乞われて嫁になったのです。離縁などされません。実家に戻ってきただけです」

「なんだ、つまらん話だ」

輝信はなにか期待が外れたか、そう言った。

「ご一統、家治様が身罷られた」

一座に緊張が走った。

「おそらく家治様のご逝去《せいきょ》の報《しら》せが公にされるまでにはしばし間があろうと思う。その旨、皆もこのことを口外してはなりませぬ」

「畏まりました」

住み込み門弟最年長の輝信が一同を代表して磐音に応じた。

「磐音先生、老中田沼様はいかがなされるのでございましょうか」

辰之助が磐音に質した。

「ただ今城中では、すでに家斉様の十一代就任に向けて、老中田沼派と家斉様の実父一橋治済様をはじめとした御三家御三卿派の政争が繰り返されているものと推測される」

磐音の言葉に一同が頷いた。

田沼意次の息がかかった幕閣には、大老の井伊直幸《いいなおひで》、老中松平康福《まつだいらやすよし》、同水野忠友《みずのただとも》、さらには家治の御側御用取次横田準松《よこたのりとし》らが残っていた。

十四歳の家斉を十一代将軍に就かせたのち、田沼派、反田沼派ともにその後見争いが激化するのは当然予測されることだった。

この月の二十二日より、田沼意次は病を理由に登城を控えていた。だが、田沼派の面々の動きは活発で、背後から意次が指図していることが窺えた。

「城中での争いが磐音先生に波及し、なにか関わりをお持ちになることが生じましょうか」

と奏者番を父に持つ右近が訊いた。

「それはござるまい」

磐音は即座に言い切った。

家基の死を磐音は剣術指南役として経験した。その死が養父養母の殉死を招いたが、磐音は、あくまで家基、玲圓、おえいの死と政《まつりごと》を関わりのないかたちで考えようとしてきた。

だが、田沼意次とその一派は、佐々木玲圓の後継たる磐音を抹殺するために幾たびも刺客を放ってきた。

幾多の田沼派との暗闘の中で、政には距離を置くこと、一介の剣術家としての務めを果たすことを己に言い聞かせてきた。一方で徳川宗家から佐々木家に代々授けられてきた「秘命」が常に念頭にあった。

玲圓は、磐音に佐々木家の隠し墓のことを教えて世を去ったが、佐々木家が徳川家から授けられた秘命を言い残さなかった。

一方、佐々木道場下の土中に埋められていた古甕から出てきた古剣二口は、玲圓が言い残さなかった「秘命」を告げているように思えた。

ともかく徳川家と佐々木家の黙契《もっけい》がなんであれ、軽々に政に近付くことはよろしくないと磐音は考えていた。

「右近どの、政はそなた様の父上方にお任せいたしましょう。われらはこれまでどおり剣の道に邁進し、精進するのみ」

「磐音先生、お言葉ですが、田沼一派がこれまでのように尚武館を目の敵《かたき》にして攻撃を仕掛けてくることは考えられませぬか」

「輝信どの、その折りはこれまでと同じように断固として敵方の攻めをくじくのみにござる。今宵、そなたらに家治様のご逝去を知らせたのは、通い門弟衆などが田沼一派に襲われることが考えられるゆえ、これまで以上に注意を喚起し、単独で行動せぬようにしてもらうためです」

「承知しました」

輝信が応じたとき、豊島屋の田楽が温め直されて、おこんや早苗らの手で運ばれてきた。

「義姉上、田楽ですか。だ、大好物にございます」

と右近が真っ先に田楽に手を伸ばそうとした。

「右近さん、小梅村に住み込み門弟に出したら、行儀が悪くなって帰ってきたと、表猿楽町の養母上《ははうえ》にこの義姉が叱《しか》られますよ」

「義姉上、ご心配には及びません。それがし、小梅村に生涯いることに決めました」

「それはおれの考えだぞ、右近どの」

右近の言葉に輝信が応じた。

「輝信さんに右近さん、どなたか、貰うてくださるお方はおられませぬか」

その言葉に輝信の視線が早苗に行ったのを、おこんは見逃さなかった。だが、早苗は知らぬふりをしていた。それが早苗の気持ちを表していた。おこんは、

（世間は世間、うちはうち）

江戸城の中でどのような政争が起ころうとも、坂崎家では一家と門弟衆の暮らしを立てることをなにより大事に考えようと胸に誓った。

「母上、いい匂いがして眠れませぬ」

空也が寝ぼけ眼《まなこ》で姿を見せて、

「あらあら、空也まで豊島屋の田楽が起こしたようね。致し方ないわ、睦月には内緒ですよ」

とおこんが自分のかたわらに空也を座らせた。

磐音は、かような些細《ささい》なことが幸せというものであろうと考えていた。


翌二十六日、幕府は大八木伝庵の処方で安定していた家治の容態が、朝方より悪くなったと触れを出した。だが、実際はすでに十代将軍は身罷っていたのだ。

この夕暮れ前、このところ稽古に姿を見せなかった陸奥白河藩藩主松平定信が小梅村に姿を見せた。

「磐音先生、多忙に紛れて稽古を休んでおり申す。一段落ついた折りには汗をかきに参りますゆえ、しばらくお許しくだされ」

とあくまで磐音を師匠と立てて願った。だが、無沙汰《ぶさた》の挨拶などに定信が来るべくもなかった。

「ご多忙は察しております」

と磐音は答えた。

「磐音先生はすでにご存じのようじゃな」

磐音はその問いの諾否に応じなかった。すると定信が、

「家治様はすでに身罷られており申す」

と告げ、

「磐音先生、家斉様の剣術指南役にお就き願いたい」

と切り口上に願った。

磐音はしばし間を置いた。

「ただ今家斉様の剣術指南方にそれがしが就く謂れがございましょうか。家斉様は十四歳、その両肩には徳川百八十年余の重荷がずしりとのしかかっておられます」

「ゆえに坂崎磐音に後見方を願いたい」

「定信様、それがしは一剣術家にござる。家基様の剣術指南方を相務めさせてい

ただきましたが、大失態をしでかしました」

「お命をお守りできなかったことにござるか。されど剣術方のそなたのせいではござらぬ。あれはだれにも防ぎようのない出来事にござった」

と定信は言い切った。

「未だあの騒ぎの決着がついておりませぬ」

「ゆえにそなたを、家斉様の剣術指南役と称する後見方に就けたいのだ」

「立場と考えは違えど、どなた様かの一派と戦いをくり広げていることはたしかでございましょう。定信様、まずなすべきは西の丸様をして十一代将軍に無事お就きいただくこと。大勢を固めた上で家斉様が剣術の稽古をご所望ならば、坂崎磐音、及ばずながらご指導申し上げます」

「坂崎磐音、今ではならぬか」

定信は師弟の建前を忘れて磐音に迫った。

「定信様、ただ今、それがしが家斉様の剣術指南役に就くと触れが出された場合、田沼意次様とその一党は、ただ今にも増して激しく反田沼派潰しに出てこられましょう。まず家治様の薨去《こうきょ》を公表し、粛々と西の丸様を十一代将軍にお就けになるのが、八代将軍吉宗公の孫であられる定信様をはじめ、皆々様のお務めにございませぬか」

磬音が懇々《こんこん》と諭すように言った。

定信はしばし沈思していたが、

「相分かった」

と返事をした。

定信が急ぎ小梅村を辞去したあと、おこんが物思いに沈む磬音に尋ねた。

「松平の殿様の御用はいかがでございましたな」

「定信様、いささか焦っておられるように見受けられる。拙速に過ぎると己に災いが降りかかってこぬとも限らぬ」

磬音は定信の身を案じた。


翌八月二十七日、田沼意次の名代として登城した意次の娘婿にして奏者番西尾《にしお》忠移《ただゆき》と、老中水野忠友の実弟にして直参旗本五千石の松平信志《のぶむね》に対して、

「田沼主殿頭《とのものかみ》が儀、病につき願いのとおり御役御免、雁之間詰《かりのまつめ》を仰せつけられる」

と、田沼派の大老井伊直幸をはじめ老中らが居並ぶ席で、老中水野忠友が申し

渡した。
そのことを聞いた磐音は、意次の自発的な辞意による免職とは思わなかった。
反田沼派が田沼派の先手を取ったと察した磐音は、戦いは激化すると考えていた。

第四章　老中罷免

一

城中ではいろいろな噂が飛び交っていた。

江戸幕府の最高の職掌、老中職が罷免《ひめん》される例はなかったわけではない。

延享《えんきょう》二年（一七四五）、老中松平乗邑《まつだいらのりさと》は老中罷免、上屋敷没収、加増分の一万石の減封、蟄居《ちっきょ》謹慎の厳しい処罰を八代将軍吉宗から命じられた。吉宗と乗邑の政策が相反したことが原因であった。

また、宝暦《ほうれき》八年（一七五八）、老中本多《ほんだ》正珍《まさよし》は、老中罷免、逼塞《ひっそく》を命じられた。これは美濃《みの》郡上《ぐじょう》一揆《いっき》に連座《れんざ》したからであった。

一方、田沼意次の免職は、それまで全面的に田沼意次を信頼して登用してきた家治の御不例の最中、家治の意思がこの免職の背景にあったとは判断しにくい。

田沼意次に御役御免を言い渡した老中水野忠友の行動が明らかになっていく。忠友が老中免職を言い渡したのは、月番の老中であったからでなんの不思議もない。

忠友は、田沼意次の四男意正《おきまさ》を養子にもらい、田沼意次との縁戚により七千石の旗本から駿河沼津《するがぬまづ》三万石の大名に出世した人物である。意次に忠勤を励んだお蔭で老中にまで出世した。それは城中で周知の事実であった。

だが、天明六年九月五日、

「心底に応ぜざる」

を理由に、田沼家と示談の上、意正を離縁したいと幕府に申し出て、許された。

九月八日には公式に家治の、

「死」

が布告されたが、その三日前に、

「田沼家と示談の上」

であるならば、それ以前から幕府に願い出ていたことになる。

忠友が意次の子意正を離縁する決断をなしたのは、自らが月番老中として田沼意次に免職を言い渡した八月二十七日の直後と噂された。これが事実ならば、水野忠友は恩人の田沼意次を見限り、泥舟の田沼丸からいち早く下りて、身の保全を図ったということにならないか。変わり身の早さが城中で評判になっているという。

すでに亡くなっていた家治の意思によって意正離縁が決定したわけではない。城中の流れが、脱田沼派に傾きつつあったことはもはや止めようがなかった。

水野忠友ばかりでなく、意次と姻戚関係にあった松平康福、奥医師千賀道隆《せんがどうりゆう》らが、意次の老中免職の直後に田沼家との「離縁」、「義絶《ぎぜつ》」を意次に申し渡し、身の保身を図った。

政局次第で人の心が動くのは世の常であった。それにしても酷薄な仕打ちではないか。

小梅村では田沼一派の反撃を警戒しつつも、ふだんどおりの稽古に励んでいた。

政局が流動的というので、関前藩の新任藩士重富利次郎が霧子を伴い、三日に上げず小梅村を訪れ、朝稽古の名目で加わった。むろん田沼派の襲撃を利次郎も霧子も考えての判断であった。

ために川向こうの予断を許さない政局とは別に、尚武館坂崎道場ではいつもどおりの剣術修行の日々が続いていた。

天明六年閏《うるう》十月五日、田沼意次の老中免職から二月《ふたつき》半が過ぎた日、意次の名代として堀長政《ほりながまさ》が老中牧野《まきの》貞長《さだなが》の屋敷に呼ばれた。そこには大老井伊直幸をはじめ老中全員が顔を揃え、大目付岩本正利《いわもとまさとし》も加わっており、次のことが命じられた。

「田沼意次の所領遠江相良《とおとうみさがら》五万七千石のうち、家治時代の加増分二万石を減封、神田橋内江戸上屋敷と大坂蔵屋敷の没収、意次の謹慎」

八月の老中免職に続いて、意次の印旛沼・手賀沼干拓工事など政策上の失態が理由であった。なお、上屋敷からの退去は、わずか三日間の猶予しか与えられなかった。

田沼意次の失脚の二つ目を演出したのは、家治の跡を継いで十一代将軍位に就く家斉の実父一橋治済と御三家であったそうな。

田沼派と反田沼派の暗闘は、反田沼派の譜代大名組に優勢が傾きつつあった。その中心にいるはずの松平定信は、小梅村に稽古に来る様子はなかった。

そんな一日、磐音は独り豊後関前藩の江戸藩邸に中居半蔵を訪ねた。予《かね》てより藩主の実高が口にしていたお代の方との、

「復縁」の話を確かめるためだ。むろん、藩籍を離れた者が旧主にかようなことを問い質すことなどできようはずもない。

中居半蔵に伴われて奥に通った磐音は、日頃の無沙汰を詫びる体《てい》をとった。実高は日誌のようなものに筆を走らせていたが、磐音の顔を見ると、

「わが屋敷がどこにあるか、そなた、忘れておったのではないか」

と当てつけを言ったが、決して機嫌は悪くはなかった。

磐音は、かつての家臣小林家の奈緒が山形から江戸に一家を上げて出てきて、浅草寺門前に、最上紅前田屋を店開きしたことの礼を改めて述べた。

「半蔵から聞いた。その後、奈緒の紅屋は繁盛しておるか」

実高は元家臣の娘の商いを案じた。

「実高様、このご時世にございます。店開きの折りの賑わいはございませんが、浅草寺門前の地の利もございまして、客足は絶えないようにございます」

「磐音、知っておるぞ。白鶴紅は江戸の女どもの心を捉えたというではないか。屋敷の女中どもも使うておるというぞ」

「恐れ入ります」

と笑顔で応じた磐音は、奈緒が自ら拵《こしら》えた紅板の包みを差し出した。

包み紙も紅色であった。その紅色の包みを開いた実高は、

「ほう、これが小林奈緒の商う最上紅か」

と紅板の表に描かれた紅花畑の光景に見入った。紅板には蒔絵《まきえ》の筆が添えられてあった。

「奈緒はただ商うておるのではございません。紅餅からこの紅を造る技を会得しております。ゆえに奈緒のこの玉虫色の紅を、格別に『白鶴紅』と江戸の女衆が呼びならわすようになりましてございます」

「なに、奈緒は紅職人の技をこなしおるか」

「山形に在った歳月を無駄にすることなく過ごし、紅花の染めやら織りまでも身に付けたのでございます」

「亭主の前田屋は紅花大尽と呼ばれた人物じゃそうな」

「ようご存じでございます」

「磐音、かの女子は関前藩の家臣の娘であったのじゃぞ。それに、そなたの許婚であったな」

「はい。ですが、われら二人、別々の道を歩むことになりました」

磐音の言葉に実高が重々しく頷いた。

「奈緒の兄は小林琴平であったな」

はっ、と磐音は応じた。だが、それ以上の言葉は口にしなかった。

「未だ、上意の討ち手に選ばれしことに悔いを持っておるな」

実高の言葉に磐音は応えない。

「藩主を、運命《さだめ》を恨んでおるか」

「足かけ十五年の歳月は、われらの運命の結果をいささか薄れさせました。ゆえにそれがし、小林奈緒を身内の一員として江戸に招き寄せました」

実高は沈黙した。手にした紅板と筆を黙然と眺めていたが、

「磐音、許せ」

と詫びの言葉を口にした。

「実高様が詫びられることではございません」

「わが藩は参勤交代のたびに城下の商人らに金子を工面してもらう為体《ていたらく》であった。それがただ今では借財もなく、領内はそれなりに潤っておる。それもこれも、正睦、磐音親子がおったればこそじゃ。されどただ一つ心残りは」

と言葉を続けようとする実高に同座した中居半蔵が、

「殿、その先は口になされますな。磐音を苦しめるだけにございます」

「そうであったな」

と実高が応じ、

「明和が安永と改元した年、江戸の大半が焼尽《しょうじん》し、田沼意次様が老中に出世なされた。わが藩も河出家、小林家と譜代の臣を失い、磐音も関前藩から離れた。磐音、最前足かけ十五年と言うたな。なんとも長い歳月であったことよ」

と己に言い聞かせるように呟くと、

「磐音、奈緒の紅と筆、だれに下げ渡せと言うか」

と尋ねた。

中居半蔵が磐音を見た。

「殿、僭越《せんえつ》至極は承知の上でございますが、それがしの願いをお聞き届けいただけましょうか」

「なんじゃ、磐音、申してみよ」

「その紅、鎌倉に届けてようございますか」

磐音の言葉に実高が、はっ、と息を呑み、

「お代に渡すと申すか」

実高の念押しに磐音は静かに頷き、旧主に向かって顔を伏せた。

長い沈黙がその場を支配した。

「迎えに行ってくれるか」

「はっ」

と畏まった磐音は、

「よきご判断かと存じます」

「頼もう」

「されどただ今の政局は慌ただしゅうございます。いましばらく江戸の様子を窺うたのち、中居様の従者としてそれがしも従います」

うむ、と実高が満足げな返事をした。

磐音が富士見坂上《ふじみざかうえ》の豊後関前藩江戸藩邸をあとにしたのは、五つ（午後八時）過ぎの刻限であった。

中居半蔵の命で、米内作左衛門が提灯を手に磐音を途中まで見送ることになった。

磐音は米内の見送りを断らなかった。半蔵になにか考えがあってのことと思ったからだ。

屋敷を出る折り、磐音は珍しく酒に酔い、いささか足元が乱れていた。

実高が磐音を帰そうとはせず、七つ半（午後五時）の刻限から酒を供して、一刻半（三時間）ほど酒の相手をした。酔いのせいか、磐音は神田川の右岸、淡路《あわじ》坂《ざか》から筋違橋御門《すじかいばしごもん》に出る寂しい道を選んだ。

「磐音先生、足元にご注意くだされ」

灯りで足元を照らした米内が磐音に再三注意するほど酔っていた。

「驚きました」

と米内が磐音に話しかけた。

「なにを驚かれた」

磐音の声はいつもより大きかった。時に呂律《ろれつ》が回らないようなことがあった。

「殿と磐音先生は親しき間柄と聞いておりましたが、酒《ささ》を酌み合い、お酔いになるほどお二人して楽しまれたことです。いえ、ちらりと最後の一瞬を拝見しただけですが」

「お二人ではご、ござらぬ。な、中居様もおられた」

「いかにも中居様が同席なされておりましたが、殿と中居様ではあのように楽しい語らいができるとは思えません。坂崎磐音と申されるお方は、関前藩にとって、いいえ、殿にとって無二のお方と、今宵はっきりと分かりました」

「よ、米内どの、坂崎磐音は豊後関前藩を脱けた家臣。と、殿には、め、迷惑のかけどおしにござる」

「いいえ、藩が未だ磐音先生を頼りにしておることがよう分かりましてございます。お、おっと、そちらに参られますと、神田川に転がり落ちます、磐音先生」

米内が磐音の手をとって道の真ん中へと誘った。

「な、中居様が米内どのを見送りに命じられたとは、な、なんぞ、こ、魂胆があってのことか」

「中居様からは、われら二人の供でそなたも近々旅をすることになる、磐音先生が決断なされたら、いつなりとも同道ができるよう仕度をしておけと命じられました」

「た、旅をな。はて、な、なんであろうか」

よろめき歩く磐音が言葉を途絶えさせ、

「よ、米内どの、こ、今宵は楽しゅうござった」

と言いながら足を止め、懐に手を入れてなにかを探す体をとった。

「磐音先生、藩邸にお忘れものにございますか」

「おお、あ、あった、あったぞ。奈緒の紅板はわが懐にありましたぞ」

「紅をお持ちにございますか」

「い、いかにもこ、この紅板をな、そ、そなたといっしょにな、と、届けに参るのじゃ」

「紅を、でございますか。どちらへ」

と米内作左衛門が訝しげに磐音に問い質したとき、二人は怪しげな人影に前後を囲まれていた。

淡路坂上にある太田《おおた》姫稲荷《ひめいなり》辺りだ。

「何者か」

米内が手の灯りを突き出した。

前方に二人、後ろに三人の、面体《めんてい》を隠した武士がいた。旗本や勤番者ではない。それらしい形《なり》を装っていたが、浪々の武芸者が扮した俄《にわ》か屋敷奉公人と思えた。

前方の二人のうち、一人が剣を抜き、

「好機逃すべからず」

と仲間に洩らした。磐音が泥酔していることを認める言葉だった。もう一人が

その言葉に呼応し、

「坂崎磬音の首、貰《しるし》い受けた」

と刀を抜くと、上体をよろめかせる磬音に迫った。

「い、磬音先生」

動揺した米内が磬音に気を確かに持つよう話しかけたが、磬音は襲撃者がいることすら気付いているふうはない。米内は算盤には強いが剣術は苦手だった。だが、磬音の泥酔ぶりに覚悟した。

「そ、それがしが、あ、相手いたす」

米内が提灯を投げ捨てて刀の柄《つか》に手をかけた。

「あ、灯りがき、消えますぞ」

磬音が言いながら、提灯に手をかけようとしたが、腰がよろめいて掴み切れず地面に落ちた。

「あーあー、ち、提灯が」

呂律の回らない舌で磬音が洩らし、腰を屈《かが》めてよろけた。

その瞬間、二人の襲撃者のうち一人が、米内の体に己の体をぶつけて地面に転がすと、もう一人が一気に刀を振りかざして磬音に襲いかかった。

磐音は中腰でよろよろしながら腰を上げたが、その顔面に刃が振り下ろされた。
電撃の上段打ちだった。
磐音の中腰の体が、
よろり
と前のめりによろめくと、襲撃者の腰にしがみついた。
「若林《わかばやし》、背を叩っ斬れ」
と一人が仲間に命じた。
と、そのとき、磐音がしがみついた相手の体が虚空を飛んで仲間の体にぶつかり、悲鳴を上げて絡み合って転がった。手にしていた抜身《ぬきみ》が互いの体を傷つけたようだ。
その光景を、燃え上がる提灯の灯りが映し出した。その気配を米内は確かに見た。最前まで酒に酔っていた磐音の姿はなく、
そより
と磐音が背を伸ばし、
「今宵はいささか酒を飲みすぎた。て、手加減がつ、つかぬゆえ、そなたら、大丈夫にござるか」

と二人の襲撃者の身を気遣った。

新たな人の気配がした。

襲撃者の三人が闇《やみ》に下がり、磐音の前に転がった二人も蹌踉《そうろう》と立ち上がると逃げ出した。

「い、磐音先生、お、お怪我は」

転がされた米内が立ち上がり、磐音を案じた。そこへ新たな人影が姿を現し、米内が怯《おび》えた。

「先生、お迎えに参りました」

その声は、米内の聞き覚えのあるものだった。

四半刻後、尚武館の猪牙舟に磐音が鼾《いびき》をかいて眠り、速水右近と米内がその両側に控えて神田川から大川へと出ていこうとしていた。

櫓《ろ》を握るのは神原辰之助だ。

米内には、二人がなぜあの場に突然姿を見せたのか、理解がつかなかった。

「右近さん、もう少し早く姿を見せられなかったのですか」

「頃合いを見ていたのです」

「頃合いですと。だいいちあやつら、何者です」

「弥助様が尾行しておられます。おそらく木挽町《こびきちょう》の屋敷に移られたお方に関わりの者でしょう」

右近が答えた。

「木挽町の」

と米内が首を傾《かし》げた。

神田橋御門内の上屋敷を明け渡した田沼意次は、横死した意知の屋敷に慌ただしくも追い立てられるように引っ越していた。木挽町の屋敷は元々意次の下屋敷であったのだ。だが、江戸に不慣れな米内にはそのことの理解がつかなかった。

磐音の鼾が突然止まり、

「ああ、よう眠った。おお、米内どの、まだおられたか。気持ちよう酔いました。お礼を申しますぞ」

といつもの口調で言った。

米内作左衛門は、啞然《あぜん》として関前藩の伝説の人物を見た。そして、

(坂崎磐音とは何者なのか)

と考えた。

二

この夜、米内作左衛門は小梅村の長屋に泊まり、関前藩士の磯村海蔵や籐子慈助らとともに朝稽古をなし、住み込み門弟衆と一緒に朝餉と昼餉を兼ねた膳を馳《ち》走《そう》になって藩邸に戻っていった。

弥助が母屋の磐音に会いに来たのはその刻限だ。

「磐音先生、昨晩の連中は、西本願寺の南側の貸家に戻っていきました。そこで一晩見張ったところ、輝信さんの一撃にやられた大男の金剛寺吟五郎ら十人ほどが暮らしていることが分かりました。頭《かしら》分と思える剣術家が木挽町の田沼様の屋敷に井上寛司用人を訪ねましたゆえ、田沼様が最後に雇った剣術家連中と考えてようございましょう」

と報告し、さらに言い添えた。

「田沼様は神田橋御門内の屋敷を幕府に返上されております。となれば、もはや不《ふ》逞《てい》の輩を雇い集めたところで、却って幕府の不審を招くだけ。老中筆頭を務められた田沼様がその理《ことわり》を知らぬわけもございますまい。おそらく井上用人らが、未だ巻き返しはなると思うてのことかと存じます」

「弥助どのの推量が当たっておりましょう。田沼様ご自身は、意知様の横死に続いて老中辞職に追い込まれた上、五万七千石の石高のうち二万石を返上させられた。加えて、全盛の象徴であった神田橋御門内の屋敷を追い立てられ、蟄居謹慎まで申し渡された。それも自らが登用した味方、いや配下と思うていた老中らの仕打ちです。二年半ほど前、佐野善左衛門様が意知様に刃傷に及んだ騒ぎの折りも、自らが取り立てた連中はだれ一人として意知様を守るべく動かれなかった。その折り、意次様は、『御不審を蒙《こうむ》るべきこと、身に覚えなし』と周りに洩らされたとか。こたびの沙汰にも、いよいよこの想いを強くされておりましょうな」

「磐音先生は田沼意次様がこのまま黙って引っ込むはずはないと申されますので」

磐音はしばし迷った上に小さく頷き、

「弥助どの、田沼様のただ今の心境を察することはできません。されど腹心の永《えい》代家老《たいがろう》井上どのが雇った連中がどう動くか。これまでどおり木挽町の動きの見張りを続けましょうか」

とこの一件を弥助に指示した。

この井上寛司は、意次のいちばん信頼の厚い人物だ。家老職でもある井上の出自は近江《おうみ》の土民の出であるとしか分からない。はっきりと井上の履歴が分かるのは、延享三年(一七四六)、二十三歳の折り、田沼家に年給与四両一人扶持で中《ちゆう》小姓《ごしよう》として召し抱えられ、武士身分になった。その翌年には、縁戚に養子に入ることになり、田沼家から暇《いとま》を貰った。町人の女中奉公が三両といわれた時代だ。四両一人扶持は安い。そのことに嫌気がさしての養子であったかもしれない。だが、この養子縁組は破談になり、ふたたび田沼家に復帰した。

その後、意次の出世とともに井上も加増を受けた。

天明五年(一七八五)には六百石、家老職に就いていた。四両一人扶持を禄高に換算すると六石前後、それが百倍の六百石にして家老職だ。もう一人の意次の腹心三浦《みうら》庄司《しようじ》は備後《びんご》福山《ふくやま》藩領の庄屋の子であるとか。

十代将軍位に就いた家治の取り立てで五万七千石の大名になり、大老井伊直幸以下老中らを自在に扱う幕閣最高の権力を握った意次が小姓から成り上がったように、田沼家の家老職、用人職が、いずれも武家の出ではなく、苦難に陥った意次のなんの助けにもならなかったところに、田沼家の凋落《ちようらく》と悲劇が内在していた。

だがすでに、

「勝負の決着」

はついたと思われた田沼意次とその一派の反撃は険しく、追い落としはそう容易《たやす》くはいかなかった。

未だ幕閣には田沼派の井伊大老他の面々が残り、御三家御三卿ら譜代派に必死の足掻《あが》きを繰り広げていた。

この反田沼派の急先鋒が松平定信であった。

定信にとって田沼意次は不倶戴天《ふぐたいてん》の敵であった。

八代将軍吉宗の孫にして頭脳鋭敏、勘鋭い人物であった。十二歳にして『自教鑑《じきょうかがみ》』という自戒の書を著しているほどの才の持ち主だ。

だが、この才が災いして、安永三年（一七七四）、十七歳の折りに突然白河藩松平定邦《まつだいらさだくに》の養子に出されている。この背景には田沼意次が定信の明敏さを恐れ、将軍から遠ざけたと噂された。事実であった。実父の歌人にして国学者の御三卿田安宗武《たやすむねたけ》の七男として生まれた定信は、将軍に就くべき十分な家柄を持ち、明晰な資質もあった。だが、田沼意次の意思で、白河藩主の養子に出された。そのことで定信が将軍に就く機会は永久に失われた。一時、定信は懐に刃を忍ばせ、田沼意次殺害の機会を窺っていたという風説は虚言とは言い切れない。

神田橋御門一派と御三家など譜代大名派の暗闘は、田沼意次と松平定信の因縁《いんねん》の戦いでもあった。

だが、形勢が変わった。

十代将軍家治の全面的な信頼のもと、城中の表、中奥《なかおく》の要所に、縁戚にした人物を配し、意次の「配下」同様の扱いをしてきた者たちの離反が続いていた。

家治が亡くなった今、御三家の後押しを受けて田沼意次に、

「止《とど》め」

を刺す機会が定信に巡ってきた。

反転攻勢の一つ目が田沼意次の老中免職であり、二つ目が二万石の家禄と神田橋御門内の江戸上屋敷、大坂蔵屋敷の没収であった。さらには城中への登城も止めた。にも拘《かかわ》らず田沼意次が降参する気配はなかった。

天明六年九月八日、十代将軍家治の死が公表され、十月四日に上野《うえの》寛永寺《かんえいじ》で葬儀が執《と》り行われた。その後も次々に法要が営まれ、京から朝廷の勅使一行が到着し、家治に正一位太政大臣の官位が追贈《ついぞう》され、浚明院《しゅんめいいん》の院号が贈られた。前将軍の葬礼が一段落つくと、意次の政治責任を問う声がどこからともなく上がり、暗

闘が再開された。

定信の頭には、あることが引っかかっていた。

旗本佐野善左衛門を使嗾《しそう》し、城中で田沼意次の「暗殺」を計った。

だが、佐野は大事なときに臆し、意次を見逃した。そのかわりに跡継ぎの若年寄意知に刃傷に及んで死に至らしめた。この佐野の躊躇《ちゅうちょ》と変心が田沼派を一気に潰すことのできない主因であった。

その折り、定信は迂闊な行為をなした。

佐野に松平家所蔵の粟田口一竿子忠綱《あわたぐちいっかんしただつな》を貸し与えていたのだ。

その大名道具の忠綱が、騒ぎのあと城中で回収され、一竿子忠綱の所蔵者が追及されることに、定信は迂闊にも気付かなかった。忠綱ほどの名刀だ、丹念に調べが進めば、定信に疑いが及ぶことが考えられた。

その危機を救ったのは坂崎磐音であった。

城中で佐野が刃傷に使った一竿子忠綱を、どのような手立てを使ってか、佐野家所蔵のなまくら刀とすり替え、その上、忠綱が刃傷に使われた痕跡《こんせき》、血糊《ちのり》や刃こぼれを当代の研ぎの名人鵜飼百助に頼んで、きれいに消し去っていた。

定信の剣術の師坂崎磐音は、

「恩人」

となった。

と同時に、磐音に弱みを握られたと定信は考えた。そこで田沼意次とその一派との暗闘が譜代大名ら中心の反田沼派有利に傾きつつあるとき、なんとしても坂崎磐音を、

「懐柔」

する方策を考えねばならなかった。

明晰な定信は、人を信用するよりも人に恩を売ることで、確実に味方にしようと考えた。

その考えの源になったのは、十七歳の折りに受けた屈辱であった。八代将軍吉宗の孫としていちばん将軍家に近かった定信は、陸奥白河藩主の養子に飛ばされた。このことが定信の胸の中にずっと蟠《わだかま》っていた。

坂崎磐音をわが手元に引き寄せること、その考えに強迫された。だが、定信が創案した新将軍家斉の、

「剣術指南役」

に就ける策を磐音はあっさりと断った。

一剣術家として生きたい、政《まつりごと》には関わりたくない、との理由であった。

（どうしたものか）

定信はふと思い付いた。

なぜ直参旗本を何代も前に辞任した佐々木玲圓の先祖は、御城近くの神保小路に拝領地を下し置かれ、直参旗本、大名諸家の家臣たちに直心影流の指導を続けてこられたのか。佐々木道場は幕府の御免道場の機能を果たしてきたのだ。

家治の絶大なる信頼を背景に城中の全権を握った田沼意次は、佐々木玲圓が家基に殉じて夫婦で自裁したにも拘らず、跡継ぎの坂崎磐音を神保小路から追い立て、ついには江戸から離れざるを得ない仕打ちをなした。

なぜ絶大なる力を持ちながらも田沼意次は、一介の道場主佐々木家を、そして、ただ今の跡継ぎ坂崎磐音を恐れたのか。

一方で坂崎磐音は、なぜ頑《かたく》なに政から距離を置こうとするのか。

田沼意次は定信が知らない、

「事実」

を知り、それを坂崎磐音が継承しているのだ、と定信は思いいたった。

（どうすれば坂崎磐音を確かな味方としておけるのか）

定信は考え続けた。

だが、その思考が、敵対する田沼意次と同じ過程を辿っていることに気付かなかった。そして、定信に一つの考えが浮かんだ。あとはその提案の機会を慎重に選ぶことだ。ようやく定信は安堵した。


坂崎磐音一家四人と早苗は、連れだって浅草寺にお参りし、門前に店開きしておよそ三月が経とうという最上紅前田屋を訪ねた。

前将軍家治の喪が明けない中だが、最上紅前田屋はなかなかの繁盛であった。女中を伴った武家の奥方、それに大店の女房と娘と思われる二人連れが、店奥の衣紋《えもん》掛けに飾られた『紅綸子地鶴波文様友禅小袖《べにりんずじつるなみもんようゆうぜんこそで》』を見ていた。

小袖の肩口と両袖に五羽の鶴が飛び、裾《すそ》に波模様が躍っていた。そして地の紅がなんとも深みのある色合いだった。

溜息をついた大店の女房が、

「この小袖、奈緒さんが染められたのですか」

と尋ねた。

「越後屋《えちごや》のお内儀様、かような染めはやはり京が得意としておられます、私のような素人《しろうと》にはできませぬ。この小袖は、亡くなった亭主が京にて誂《あつら》えたものでございます。うちが没落する前に大事にしていた何枚かの紅染め小袖を知り合いの家に預けておきました。ゆえにかように残ったものにございます」

「生涯に一度、かような小袖を着てみたいものです」

武家方の奥方も言い、秋世から紅板の包みを受け取り、店を出ていった。

その間、磐音一家と早苗は店の外で客が引くのを待っていた。

「あっ、空也さんと睦月ちゃんが遊びに来たぞ」

二階から鶴次郎の声がして、三人が店へと下りてきた。空也も睦月も初めての最上紅前田屋だったが、子供たちは紅より遊ぶことに関心があった。

大店の母子が店を出たので、磐音とおこんと早苗は店に入った。

「おこん様、お待たせして申し訳ございません」

奈緒が詫びた。

「奈緒様、お店繁盛のご様子、なによりにございます」

と言い、磐音も、

「浚明院様の喪の最中ゆえ店に客はおらぬかと案じてな、われら、客寄せ代わりに参ったが、これでは要らなかったな」

と安堵した。

「さすがに江戸にございますね。むろん浚明院様の喪中ではございますが、やはり時に女衆は身を飾ってみたいと考えられるようで、お客様が絶え間なくお見えになります」

「それはようございました」

おこんも安心した。そして、秋世がすっかり最上紅前田屋の女奉公人の顔で、もう一人雇った娘にあれこれ教え込んでいた。

「秋世、よかったわね」

早苗は、妹がすっかり落ち着いた様子に安心の声をかけた。

「奈緒様が、紅のことから客あしらいまであれこれと教えてくださいます。私にはすべて初めて知ることばかり、毎日が楽しゅうございます」

と笑顔で応じた。

姉妹が喜ぶ様子を見ていた磐音が、

「もう一人、秋世どのを案じるお方が見えられたようじゃ」

と暖簾の隙間《すきま》から背中を見せる大男を指した。

「ああ」

早苗が悲鳴を上げた。

「父上、どうして」

秋世も声を上げた。

「早苗さん、秋世さん、よいではございませんか。親父様を早う店へお呼びなされ」

奈緒が許しを与えた。

「奈緒様、それはなりませぬ。父に一度甘いお顔をなさると、三日に上げずに参ります。あのような尻を絡《から》げた中間が入るお店ではございません。最初が肝心でございます。私が父上に引導を渡して参ります」

と早苗が出ていこうとした。

「早苗さん、このお店の主がお許しになったことです。父親が娘の仕事ぶりを見たいのは人情ですよ」

おこんが制した。

「おまえ様は、武左衛門様が後ろからついてこられるのを承知だったのではございませぬか」

磐音は苦笑いし、

「おこんが言うように、父親が娘の奉公ぶりを見たいとは麗しい光景ではござらぬか。武左衛門どの独りではどうにもできぬゆえ、われらに従うてこられたのであろうが、店の中にはなかなか入り難いようじゃな。待て、それがしが声をかけよう」

磐音が最上紅前田屋の黄染めの暖簾を分け、

「武左衛門どの、お入りなされ」

と声をかけた。

「おう、なんじゃな、尚武館の主がかような場所におるとはどういうことか。稽古はよいのか」

「朝稽古は終わりました」

「おお、そうであったか」

「秋世どのの仕事ぶりを確かめに来られたのでございましょう」

「いや、そうではないぞ。この界隈にいささか用があってな。じゃが、歳は取りたくないもので、どこを訪ねるのか失念してな、考えておったところだ」

「ならば、武左衛門どのの訪ねる先はこの最上紅前田屋にございましょう」

「そうであったかのう。なに、この店に秋世が勤めておるのか。知らなんだわ」

と言いながら、磐音の肩越しに娘二人の顔色を窺った。

「ささっ、どうぞ」

「よいのか。御用の途中ゆえ、しばしな、邪魔をいたそうか」

と磐音の背に隠れるようにして暖簾を潜った。店開きの日と違って本日は黄染めの暖簾だった。

「父上、紅に関心がおありですか」

早苗が怖《お》ず怖《お》ずと敷居を跨いだ武左衛門に切り口上で尋ねた。

「おお、早苗も来ておったか」

武左衛門の視線が秋世に向けられ、

「すまん」

と小声で詫びた。

「親父様が娘に詫びることなどございませんよ。武左衛門様、ようも秋世さんにうちへの奉公をお許しくださいました。お礼を申します」

「な、なあに、秋世が張り切って働いておるのを外から見てな、安心しておったが、なかなか中にまでは入りきれんでな。尚武館の一家が訪ねて行くと金兵衛さんに聞いたでな、後ろに従うたのだ」

「えっ、父上、もう何度も秋世の働きぶりを確かめに来られたのですか。呆れた」

早苗が手厳しい言葉を発した。

「姉上、もういいです。父上、得心がいくまでお店を見ていってください。ですが、紅屋は女衆が客の店です。父上がしばしば来られますと、見えたお客様も入ってこられません。これで最後にしてくださいますね」

と秋世に釘を刺された武左衛門が磐音をちらりと見て、

「致し方ないか」

と同意を求めるように囁《ささや》きかけた。

四半刻ほど最上紅前田屋を熱心に見た武左衛門を誘い、皆で浅草寺門脇の甘味《かんみ》処《どころ》に行った。

それぞれ汁粉など甘味を注文したあと磐音は、

「いかがでしたか、秋世さんの働きぶりは」

「ふっふっふふ」

と笑みを洩らした武左衛門が、

「わしの本音はな、別のところにあったのだ」

と言い出した。

「別のところとは」

「うむ、そなたの許婚がな、どのような顔をしておるのか、白鶴太夫の顔を近くで見とうてな。娘の秋世の顔など見飽きておるからな」

磐音は武左衛門の顔を見て、

「で、奈緒の顔はいかがでございましたか」

「さすがは松の位の太夫を務めた白鶴、十分に堪能した」

と応じたところに汁粉が運ばれてきた。

「姉さん、汁粉もいいが酒はないか」

「お客さん、うちは甘味処ですよ。酒はございません」

とあっさりと答えられ、武左衛門は、致し方ないという顔で汁粉を啜《すす》り始めた。

三

閏十月が深まり、初冬の気配が深まっていった。

そんな折り、豊後関前藩江戸藩邸の米内作左衛門が朝稽古に来るたびに中居半蔵の書状を持参して磐音に渡し、帰りには磐音の返信を持って帰ることが幾たびか繰り返された。

そんなある日、重富利次郎と霧子夫婦が朝稽古に姿を見せて、そのまま小梅村に残った。まるで住み込み門弟の時代に戻ったかのように朝と昼を兼ねた食事をなす二人に、田丸輝信が、

「まさか夫婦ともに関前藩から追い出されてきたのではあるまいな」

と母屋の朝餉と昼餉を兼ねた場で尋ねた。門弟衆は母屋の台所の広い板の間がいつもの場所だ。平助、弥助、住み込み門弟の男衆とは少し離れて、霧子、早苗ら女衆の膳が並んでいた。

「輝信、不肖重富利次郎、妻《さい》霧子、さような扱いを受けるわけもなし」

と利次郎が悠然と答えた。

「そうは言うが、まるで実家に戻ってきたように、二人して風呂敷包みを持参しておったではないか」

「輝信、よう見ておるのう」

「剣術家の才の一つは、不断の観察力じゃ」

「それが過ぎると、『なんとまあ、輝信様の細かいこと、まるで重箱の隅を楊枝《ようじ》でほじくって生きておられるお方だわ』とだれぞに嫌われるぞ」

「だれぞとはだれか」

「剣術家の才は観察力と言うたのはだれか」

「そなた、霧子を女房にして口がうまくなったな。元々、口先から生まれてきたような男ではあったがな」

箸を遣いながら二人が丁々発止を繰り返す光景を、右近らがにやにやとした笑みの顔で見ていた。

「屋敷奉公をするとな、腹に思うたことの十分の一も口にすることができぬ。重富利次郎、わが師坂崎磐音様の名を汚さぬよう、口にできぬあれこれを毎日腹に溜めておるのだ。実家に戻ったときくらい好きなようにしゃべらせぬか」

利次郎の言葉に右近が突っ込んだ。

「利次郎様、田丸様からの問いに答えておられませぬ」

「なにっ、輝信からの問いじゃと。あっ、そうそう、だれぞとはだれかという、あの問いじゃな、右近どの」

「いかにもさようです」

「まあ、それがしの見るところ」

利次郎が女衆だけで膳を囲む席を見渡して、にやりと笑った。その途端、霧子と眼が合った。

「霧子、そろそろそれがしをそのように睨むのはなしにしてくれぬか」

「亭主どの、私は睨んでなどおりませぬ」

「そうか、そう見えるのはそれがしの気のせいか」

霧子が黙って頷き返した。

「まあ、百戦錬磨の重富利次郎にかかると、輝信の考えておることなど一目瞭然でな。あまりの進捗《しんちょく》のなさにまどろっこしゅうて仕方ないわ」

「なんの話だ、利次郎どの」

ふっふっふふ、と笑った利次郎が、

「どのなどと、敬称まで輝信が付けおったぞ」

とほくそ笑み、

「ずばり訊こう。輝信、紅の一つも買い求めて贈ったか」

「紅をだれに贈るというのだ。最前から話が分からぬことばかり、それも思わせぶりな口調でからかうでない。武士ならばずばり、話の核心に触れよ」

利次郎が輝信の顔を見て間を置き、言った。

「早苗さんに白鶴紅の一つも購ったか、どうじゃ」

茶碗と箸を手にした輝信が、うっ、と息を詰まらせ、

「な、なんということを、かような場で言い出すのだ。さような根も葉もない話を軽々に屋敷勤めの武士がするものではないぞ」

と狼狽《うろた》えた。

「おや、それがしの観察が間違うておったか。そなたが早苗さんを憎からず思うておることは、だれもが承知のことだ」

「な、なんじゃと。だれがさようなことを考えおるか。ははあっ、右近どのらが利次郎に面白おかしゅう告げ口したか」

「輝信、われら、同じ釜の飯を何百回何千回と食してきた。もはや実の兄弟以上の交わり、身内同然の間柄であろうが。隠し立てしてどうする」

女たちの膳の前でも早苗が黙り込んで、こちらの話を聞いていた。

「そ、そなた、そ、それでよう武家奉公が務まるな」

「未だ抗う気か。素直になれ」

「どういうことだ」

「早苗さんのことをどう思うかと質しておる」

輝信が茶碗と箸を持ったまま早苗を見て、いよいよ困惑の表情を深めた。

「利次郎、それがしになにを言わせたいのだ」

「輝信、惑うたり迷うたりするのは若い証だ。いや、それがしも十二分に経験してきたことゆえよう分かる。輝信、もはやその迷いを振り切り、先へ進むべきときではないか、と言うておるのだ」

「どうすればよい」

利次郎にこうまで言われた輝信はしばし沈黙していたが、低声で、
と問い返した。

「われら、利次郎と霧子は実家に寝泊まりすることになった」

と突然利次郎が話柄を変えた。

「実家とは小梅村にございますね」

「右近どの、当たり前のことを訊くでないぞ」

「では、当たり前でないことをお訊きします。霧子さんが懐妊されて、小梅村に静養に戻ってこられましたか」

「右近どの、ものを知らぬにもほどがござるぞ。懐妊した女子が道場でああも飛んだり跳ねたりできるものか」

「それもそうですね。利次郎様と所帯を持たれ、どういうわけか霧子さんは一段と軽快俊敏な動きになられました」

「それがしの薫陶のお蔭じゃ。右近どの、話を戻してよいか」

「あっ、話の邪魔をいたしました。輝信様、申し訳ございませぬ」

「なにやら皆しておれをからかっておるようだ」

輝信がぼそりと言い、それでも早苗の様子を窺った。

「近々、それがしがおこん様に頼んで輝信に暇を頂戴するよう願うてみる。どこなりとも好きなところへ行け。その折りな、早苗さんを同道せよ」

「そ、そのようなことができるものか」

「輝信、それがしの言葉を耳ではのうて、胸で聞いておらぬのか。尚武館の朋輩が申すことだ。徒《あだ》やおろそかに聞き流してはならぬ」

「ど、どこに行けばよい」

「二人で相談せよ。この話は終わった」

利次郎が一方的に宣言した。女だけの膳の席で霧子が早苗を見て、

「わが亭主がお節介をしたようですね」

「いえ、霧子さん、利次郎様の親切が身に染みました」

と低声で洩らしていた。


住み込み門弟が夕稽古をする道場に磐音が姿を見せた。もはや終わりの刻限が近かった。その場には小田平助、利次郎、弥助もいた。

「ご一統にちと話がござる」

との磐音の言葉に利次郎が、

「本日の夕稽古はここまで」

と稽古をやめさせた。

一統が見所に向かって座し、磐音も見所下の床に正座した。

「明日より四日、長くて五日ほどそれがし留守をいたします。利次郎どのが稽古の手伝いに参られたのはそのためにござる。また依田鐘四郎どのも明日から朝稽

古には出ると申されておられます。小田平助どの、弥助どのはいつものようにおられるゆえ、尚武館の陣容はまずふだんと変わりあるまい。だが、油断大敵にござる。平助どの、弥助どの、利次郎どの、留守の間、よしなにお願い申します」

と願った。

「畏まりましたばい」

平助が応じ、右近が尋ねた。

「義姉上方も、いえ、おこん様方も磐音先生に同道なされますか」

「いや、それがし一人にござる。ゆえに右近どの、空也の稽古の面倒を見てくだされよ」

「承知いたしました」

と右近が受けた。

神田橋御門を追われ、登城を禁じられた田沼意次の動静は全く聞こえてこなかった。もはや田沼意次の復権どころか、時代は終わった、死んだも同然、という考えを述べ立てる者の数が日に日に多くなっていった。

一方で、手負いの老虎は反撃の機を窺っている、ために近々ひと騒動起こると主張する者もいた。

そんな最中に坂崎磐音が江戸を留守にするというのだ。四、五日、ということは遠国でないことは確かだ。利次郎は磐音の行き先を尋ねようとはしなかった。その代わり、

「磐音先生、一人ふたり従者をお連れしなくともようございますか」

と尋ねた。

「利次郎どの、それがしのほうは心配ござらぬ。なにがあっても尚武館を守ってくだされ。われらの城にございますからな」

と磐音が答えた。

その翌未明、まだ暗いうちに霧子が磐音を猪牙舟で送っていった。猪牙舟が流れに乗ったとき、旅仕度の磐音が、

「霧子、すまぬな」

と礼を述べた。猪牙舟に灯火はない。

「ご苦労に存じます」

「そなた、それがしの行き先を承知か」

「亭主どのは大まかなお方ゆえ気付いておられませぬ。ですが屋敷内の言動を見ておりますと、なんとなく」

その言葉に首肯した磐音が言葉を返した。

「利次郎どのと霧子が小梅村に日夜おるゆえ、安心して出かけられる」

「田沼様一派の嫌がらせはございましょうか」

「弥助どのと霧子は木挽町の気配を窺うておるのではないか」

「家老の井上様の苛立《いらだ》ちは表にまで伝わって参りますが、田沼意次様の動静は全く聞こえてきません。出入りの商人の中には、意次様は病に倒れておられるのではと言う者もおります」

「そなたらの考えはどうか」

「屋敷におられぬのではないかと疑うております。磐音先生の留守中、忍び込んではなりませぬか」

「いや、それはよしたほうがよかろう。木挽町におられぬとなると、密かに遠江相良に戻られたか。田沼意次様は国許では善政を敷く藩主として敬愛されておられるでな。相良ならば心静かに過ごされよう」

と磐音が言い、

「霧子、小梅村を守ることを専一にしてくれぬか」

と最後に願った。

霧子の漕ぐ猪牙舟は大川を下り、鉄砲洲河岸《てっぽうずがし》から浜御殿の沖を芝大木戸《しばおおきど》に向かい、舟から磐音が浜へと飛び降りた。

芝大木戸前に待ち受けていたのは、豊後関前藩の中居半蔵と米内作左衛門の二人で、そのかたわらには御忍駕籠《おしのびかご》が控えていた。御忍駕籠は大名やその正室が忍びの折りに使うもので、担ぎ手は三人、正式には轎夫《きょうふ》と呼ばれた。

「磐音先生、手間をかける」

と半蔵が労《ねぎら》い、

「どうじゃ、このような機会は滅多にあるまい。駕籠に乗らぬか」

と磐音に御忍駕籠に乗るよう言った。

「遠慮いたします。五十路《いそじ》を越えられた中居様こそお乗りになりませぬか」

「主の許しもなく家臣がさようなことができるものか。お駕籠には御召し物が積んであるわ」

と半蔵が言い、轎夫にわれらに従えと命じた。

一行は半蔵と磐音が肩を並べ、御忍駕籠が従い、そのかたわらに米内作左衛門がついた。

「程ケ谷《ほどや》（保土ケ谷《ほどや》）まで六里半とあるまい。まずはそこを目指すか」

半蔵の声がどことなく長閑《のどか》だった。

こたびの御用は磐音に任せたという気配があった。だが、半蔵とは反対に米内作左衛門は、藩の重臣と剣術の師匠の供で緊張しきっていた。

品川から六郷《ろくごう》の渡しまで乗り物の歩みに合わせて進み、明け六つの一番渡しが出る頃合いに河原に到着した。

米内が渡し船に乗る交渉事をすべてこなした。すでに半蔵に行き先を聞いたのであろうか。さほど待たされることもなく渡し船に乗り、

「磐音、神奈川宿《かながわしゆく》にて朝餉を摂《と》る。それでよいな」

と半蔵は朝餉を案じた。

「構いませぬ」

と磐音は答え、緊張の体《てい》の米内に、

「気持ちをゆったりと持たれよ。道中を楽しまねば旅に出た甲斐がなかろう」

「磐音先生、御用旅にございますな」

と米内が念を押した。

「行き先を聞かされておられぬか」

はい、と言った米内が半蔵の顔を見た。

「教えなかったか。行き先は鎌倉じゃ」

半蔵があっさりと答えた。

神奈川宿で名物の菜飯の朝餉を食し、次の宿、程ヶ谷に到着したのは四つ（午前十時）過ぎのことだった。程ヶ谷宿帷子《かたびら》に差しかかると、三浦岬《みうらみさき》の金沢文庫に向かう金沢道に変わった。四つの石の道しるべの一つに、

「かなさわ、かまくら道」

とあった。

磐音が父正睦、母照埜《てるの》と三人で鎌倉の東慶寺にお代の方を訪ねた折りに辿った道だった。馴染みの金沢道で金沢文庫へと向かった。

そのとき、磐音は異変を感じた。

何者か、磐音ら一行に視線を注ぐ者がいた。

「中居様、本日の御用に反対する者が江戸藩邸内におられますか」

かたわらの半蔵に質した。

「なにを言い出すか。同行の米内にすら最前行き先を教えたばかり、藩邸内の大半がわれらの御用は知らぬのじゃぞ。なぜさようなことを尋ねるか」

「だれぞが注視しておるようでございます」

うむ、と半蔵が磬音の顔を見て、

「ただ今の藩内にお代の方様の動静を注視する者がおるとも思えぬ。最前も申したが、われらがどこに行くか知っておるものは少ない。そなたのほうではないか」

と半蔵が磬音に言った。

「田沼一派もご存じのように力を失うております。それがしが江戸を留守にすることを門弟衆に告げたのは、昨夜のことです。田沼一派がそれがしにどこで関心を持ったか」

磬音は言いながら沈思した。

「そなた、考え過ぎということはないか」

「あるいは」

「そうに決まっておるわ」

小梅村の主の坂崎磬音が豊後関前藩と深い関わりがあることは田沼一派も承知のことだった。となれば、小梅村と関前藩江戸藩邸の動きを常に監視していることは想像に難くない。そこに、御忍駕籠が江戸を離れ、中居半蔵が江戸を留守にしたとなると、その中居に磐音が同行すると察した者がいたとしても不思議ではなかった。その行き先が関前藩主の正室お代の方が修行に明け暮れる東慶寺と考えたのではないか。そうであるならば、金沢道の入口で待ち受けることは考えられた。

最前感じた眼は、田沼意次一派の刺客か。

「どうだ、未だ感じるか」

「いえ、ただ今は」

「であろう。そなたは常に神経を尖らせて生きておるでな、さように過敏に感ずるのだ。そなたが米内に言うたように、気をゆったり持って旅を楽しむことじゃ」

「いかにもさようでした」

金沢八景への途中のうどん屋で昼餉を食し、金沢道から鎌倉へと向かう六浦道《むつうらみち》へと変わった。六浦は鎌倉幕府のあった頃、鎌倉の外湊の役目を果たしてきたのだ。もはや鎌倉は指呼《しこ》の間《かん》だ。だが、この道には鎌倉に入るための難所、朝比奈《あさひな》切通《きりどお》しが待ち構えていた。

「米内どの」

と磐音は米内作左衛門を呼んだ。

「ひと波乱ありそうな気配じゃ。そなたは駕籠のかたわらで中居様に従うておりなされ」

と命じた。

「磐音先生、こたびの御用は危険が伴うものにございますか」

「米内、そのほうの師匠はいささか疑心暗鬼になっておられる。老中を辞された田沼意次様と長いこと暗闘を繰り返してきたからな。まあ、用心に越したことはないが、さような危難は起こらぬ」

と半蔵が言ったとき、磐音の足が止まった、轎夫も歩みを止めた。そして、前方を見た半蔵が、

「なんじゃ、あれは」

と驚きの声を洩らした。

四

三年前、磐音は関前に戻る道中の両親、正睦と照埜と程ヶ谷宿で落ち合い、金

沢道から六浦道を経て、この朝比奈切通しに差しかかった。

その折り、朝倉一右衛門《あさくらいちえもん》ら四兄弟の待ち伏せをこの切通しで受けた。切通しの上から大石を落として磐音らを殺《あや》めようとした企てを、影のように従っていた弥助と霧子の助けもあり、阻《はば》んでいた。

さらにはその昔、今津屋の由蔵とともに鎌倉を訪ね、吉右衛門の後添い候補の女人と会う折りも騒ぎに巻き込まれた経験があった。その結果、本来は姉お香奈《かな》が吉右衛門の後添いになるはずのものが、妹のお佐紀が吉右衛門の後添いとなり、幸せな暮らしを続けていた。

鎌倉は磐音にとって災いも、そして、幸運をも招く古都であった。そんな鎌倉に入る七口の一つに、女人の雲水《うんすい》が行列をなしてやってきた。

この界隈に尼寺があるのであろうか。

磐音は、三代執権北条泰時《ほうじょうやすとき》が開削した鎌倉と六浦を結ぶ道の最大の難所である崖下に御忍駕籠を避けて、女雲水の一団を通過させようとした。

女雲水は念仏を唱えながら先頭の者が、歩みを止めた磐音らに軽く一礼し通過していった。饅頭笠《まんじゆうがさ》で顔は見えなかった。

狭い切通しで女雲水の一団とすれ違い、中居半蔵が、

ふうっ
と大きな吐息をつくと、

「磐音先生、いささか過敏になっておらぬか」

と文句を言った。

「中居様、それがしの勘違いにございましたかな」

「勘違いどころか大間違いじゃ。女雲水の一団と切通しで会うなど滅多にあるまい。こたびの御用がうまくいく瑞兆《ずいちょう》と見た」

半蔵がほっとした声を洩らし、
はらはら
と冬の落ち葉が朝比奈切通しに落ちてきた。

「参りますか」

一行は六浦道から鎌倉へと下っていった。すると最初に迎えてくれるのが浄妙寺《じょうみょうじ》の山門で、杉本寺《すぎもとでら》が続き、禅僧夢窓疎石《むそうそせき》が嘉暦二年（一三二七）に開山した瑞泉寺《ずいせんじ》への岐《わか》れ道が一行の眼に留まった。

米内作左衛門は江戸勤番になって初めての御用旅だ。東海道から金沢道、六浦道の景色を楽しんできた。そして、武家の都の鎌倉に辿り着いた。作左衛門の眼が自らの提げた提灯の灯りにきらきらとしていた。

江戸から駕籠を伴い、一気に鎌倉入りしたので、初冬の一日はすでにとっぷりと暮れていた。

「磐音がご家老と照埜様とともに鎌倉詣《もう》でをした折りに泊まった若宮大路《わかみやおおじ》の旅籠《はたご》六浦屋に書状を出しておいた。いささか到着の刻限が遅れたが、部屋はとっておいてくれよう」

と半蔵が言ったとき、鈴の音がして、こんどは夜参りか、雲水の一団がひたひたとやってきた。

饅頭笠に墨染めの衣、素足に草鞋履きだ。

「さすが鎌倉じゃな。修行の雲水が大勢おられるわ」

半蔵が感心したように呟き、磐音が雲水の一団の前に立ち塞《ふさ》がった。

「これ、尚武館の先生、雲水方の修行の邪魔をしてはなるまい」

と半蔵が声をかけた。

だが、磐音が動く気配はなかった。

雲水の一団も無言裡に立ち止まった。

磐音と雲水の一団の間に薄闇《うすやみ》があった。かろうじて岐れ道の常夜灯と、駕籠の背後に従っていた米内作左衛門の提灯の灯りが、両者の睨み合いを浮かび上がらせていた。その作左衛門が、あっ、と驚きの声を上げ、

「磐音先生、女雲水が戻ってこられましたぞ」

と教えた。

前後を塞がれたか、と磐音は覚悟した。同時に前方の雲水の行列が乱れた。

一列になっていた雲水の二、三人が岐れ道の一方へと逃れ、二人が磐音の前へ金剛杖《こんごうづえ》を手に向かってきた。

「そなたら、関前藩に恨みを持つ者か」

と半蔵が質した。だが、答えはない。

「中居様、関前藩ではございますまい。この坂崎磐音が狙いかと存ずる」

「尚武館の敵というと、田沼一派か。もはや老中を辞された田沼意次様に、かような真似をいたす力はあるまい」

「どうしてどうして、田沼家表家老《おもてがろう》井上寛司どのあたりが金子で雇うた輩と見ました。違いますかな」

磐音の問いに答えはない。無言が当たらずとも遠からずと教えていた。

一間半の間を取った雲水二人が、金剛杖に仕込まれた刀を抜いた。

「名を名乗られよ」

「千古《せんこ》一刀《いっとう》流箱崎泉水《はこざきせんすい》」

「同じく館林豹左衛門《たてばやしひょうざえもん》、坂崎磐音の首《しるし》、頂戴した」

二人が宣告した。

雲水の夜参りに紛れての所業か。

「米内どの、女雲水方はどうじゃな」

「驚きの様子で立ち竦んでおられます」

「ならばこの二人がそれがしの敵と見た」

と呟いた磐音が、

「雲水方に申し上げます。それがし、江戸小梅村に直心影流尚武館道場を構える坂崎磐音と申す者にござる。お聞きのように雲水に化けた二人はそれがしに用があるようです。怪我をせぬよう、しばしその場を動かれてはなりませぬぞ」

と告げると、腰の備前包平《かねひら》の鯉口《こいぐち》を切り、ゆっくりと刃渡り二尺七寸（約八十二センチ）の大業物《おおわざもの》を構えた。

二人が仕込み刀を互いに八双《はっそう》に構え、じりじり、と間合いを詰めてきた。

磐音は正眼に構えたまま、微動だにしない。だが、五体のどこにも無駄な力が

かかったところはなく、ために、

「春先の縁側で日向ぼっこをしながら、居眠りしている年寄り猫」

の如《ごと》く穏やかな構えだった。

「居眠り剣法に騙《だま》されてはならぬ」

箱崎泉水が館林に注意し、

「箱崎、われら、身を捨てるしか勝ち目はない」

「よし」

と言い合うと、二人は八双の剣をさらに高々と突き上げ、
すうっ
と下ろした。

磐音が包平を峰に返し、脇構えに変えたのはそのときだ。

「おのれ、われらを蔑《さげす》むや」

峰に返された刀に箱崎が憤激し、一気に踏み込んできた。そして館林もまたほぼ同時に生死の境を跨いだ。

両者の動き出しの寸毫《すんごう》の差に身を置くように磐音は迎え討った。

磐音は左手に箱崎の仕込み刀の振り下ろしを感じながら、二尺七寸の包平に弧

を描かせ、箱崎の墨染めの衣の左脇腹を強《した》かに叩くと、刃はそのまま円弧を描き続け、一瞬遅れてきた館林の胸部を強打して、岐れ道の一角へと転がしていた。

一瞬の、一撃の早業であった。

二人は脇腹と胸部を強打され、意識を失っていた。

「修行の邪魔をいたしました。もはや差し障《さわ》りはございますまい」

と男雲水と女雲水に告げると、

「中居様、参りましょうか」

と磐音は包平を鞘《さや》に戻した。その声に乱れは全くなく、いつもどおりの平静な声音だった。

「あ、ああ」

と答えた半蔵が、

「そなたとおると冷や汗もかくが、退屈もせぬな」

と感嘆の言葉を洩らしたものだ。

半刻後、半蔵と磐音は、若宮大路の旅籠六浦屋の湯殿に身を沈めていた。

「未だ田沼一党は時流に抗うて、あのような者どもをそなたに送り込んできおるか」

「中居様、権勢の頂きに立ったお方の凋落となると、安穏《あんのん》な隠居は考えられますまい。ただ今の反田沼派の譜代大名方は、これまで受けた田沼意次様からの仕打ちを何倍にもして返すつもりでおられます。ならば、田沼一派は最後の一兵まで戦うしか生きる道は残されておりませぬ」

「じゃが、田沼一党にその人材が残されておるか」

一代で成り上がった田沼意次の家中に才と覚悟を持った家臣がいないことは、江戸の武家ならばだれもが承知していた。ゆえに巷《ちまた》を彷徨《さまよ》う剣術家に頼るしかなかったのだ。

「老中の権勢も神田橋御門内の屋敷も失い、さらには家禄から二万石没収されましたが、田沼様父子が家治様の威を借りて蓄財された金子は、計り知れぬものがございましょう。この金子を使うて生き延びる策を、表家老の井上寛司どのが陣頭指揮しておると見ました」

「御三家御三卿方は許すまいな」

「おそらくこのままで済むとは思えません」

磐音は、田沼意次が蓄財した莫大な金子を押さえるまで反田沼派の追及は続くと考えていた。そして、その一派の先頭に松平定信がいることも承知していた。

十一代将軍に就く家斉はわずか十四歳なのだ。

磐音は、松平定信が第二の田沼意次にならぬことを胸中で祈った。

「尚武館の安心は未だ先か」

磐音は頷くと両手に湯を汲《く》み、顔を洗った。


夕餉は中居半蔵、磐音、そして米内作左衛門の三人で摂った。

「磐音先生や、作左衛門の剣術修行はどうか」

とわずかな酒にほろ酔いになった半蔵が磐音に訊いた。

「人それぞれ得手不得手がございますし、またそれぞれ考えも違います」

「尚武館で稽古を積んでもだめか」

「いえ、技を会得するばかりが稽古ではございませぬ。剣術修行をして見えてくるものもございましょう」

「剣術修行で、技の他に見えてくるものがあるというか」

二人の会話を作左衛門は黙って聞いていた。

「たとえば商いの場において万が一の折り、肚が据わっているかどうかで、判断に差が生じましょう」

「米内作左衛門が藩物産事業に携わるに、尚武館の剣術修行が役に立つか」

「本来、剣術修行は雑利を求めることではございますまい。反対に我欲を捨て去る修行にございます。ですが、米内作左衛門どのが物産商いにて商人衆と丁々発止する折り、わずかながら気持ちの余裕が生じるやもしれませぬ。技量の上達云々《うんぬん》は別にして稽古を続けられることです」

「この米内、そなたの父が、ご家老が推挙なさったのじゃぞ」

「と、申されてもそれがしには責任《せめ》は負いきれませぬ。中居様、米内どのは藩物産事業、商いには不向きなのでございますか」

「そなたの親父様が推挙された者じゃ、間違いがあろうはずもない」

「数年の修業が要ると申されるので」

「普請方から転じた上、江戸勤番も初めて。ゆえにこたびも経験を積ませるために伴うた。まあ、一人前になるのに数年はかかろうな」

「老いた父が関前で頑張っておられるのです。中居様があと五年や十年、一線で頑張るしかございますまい。その間に米内どのが立派に一人前に育たれましょう」

「なに、五年も十年もそれがしの奉公が続くのか」

「修業一生、奉公に果てはございません」

と磐音が言い、それがし、飯を頂戴しますと言った作左衛門が急いで茶碗に飯を装い、

「汁を温め直させます」

と言い残して半蔵と磐音の汁椀を旅籠の台所に持って下がった。

「関前で苦労をしておるでな、江戸藩邸で育った者より気遣いはしおる。それに数字に明るい。実は今でも藩物産所を米内に一任してもよいと思うておる。だが、当人の前で言うと増長するやもしれぬで、内緒にしておる」

と半蔵が低声で言い、磐音が笑った。

江戸小梅村の坂崎邸の座敷で利次郎は眼を覚ました。するとかたわらに寝ていた霧子が、

「なんぞございますか、磐音様」

と話しかけた。

利次郎と霧子は、いつも磐音とおこんが寝る座敷に枕を並べて寝ていた。

霧子の声にどこか遠くで、ぎくり、とした人の気配があった。

「いささか酒を飲み過ぎた、不惑《ふわく》を迎えて深酒はいかぬな、おこん」

と磐音の口調を真似た利次郎の言葉を聞いた侵入者らが、

(目を覚ましたか)

と戸惑いの気配をみせた。

「厠《かわや》に参る」

と言い残した体《てい》の「磐音」がよろよろと寝所から厠に向かった。

利次郎は磐音に扮したつもりで厠に行き小便を長々とすると、雨戸を薄く開け、手水鉢《ちょうずばち》に手を伸ばした。するとそこに五、六人の人影があり、一人は長柄《ながえ》の槍を構えていた。

「坂崎磐音、覚悟いたせ」

と槍を持った武術家が低声で告げた。

「そなたら、何者か」

「死にゆく者にわれらが何者かは関わりなきこと」

「さようかのう。できることとなれば、だれに頼まれたかくらいは知ってあの世に旅立ちたいものよ」

「若年寄田沼意知様の元の用人どのの頼みだ。そなたの首、三百両の値がついた」

「いささか安いな。それに亡くなられた意知様が、かようなことをなして喜ばれるとも思えぬ」

「そのほうが意知様の死に関わっておると用人どのは考えておられる。覚悟いたせ」

と叫んだ槍術家が長柄の槍を扱《しご》いた。

「やめておけ。重富利次郎を殺しても一文にもなるまい」

「な、なんと」

「それがしは偽者じゃ。それにそなたら、後ろに気付かぬか」

利次郎に戻った声が言った。

「な、なに」

と驚いた槍術家は、

「騙されぬ」

と叫んで今一度神経を集中しようとした。

「雨知《あまち》氏《うじ》」

仲間が槍術家に声をかけた。

「なんじゃ」

と一瞬後ろを振り向いた雨知の視線に、槍折れを構えた小田平助以下、住み込み門弟の面々が取り囲み、白山までが弥助に引き綱を引かれて臨戦態勢にある様子が入ってきた。

「あんたら、主が留守ちゅうてくさ、油断ばする尚武館じゃなかと。小田平助の槍折れのくさ、腕前ば見せちゃるけん、覚悟しない」

平助が静かな声音で宣告し、

「白山、好きなだけ暴れよ」

と弥助が首輪から引き綱を外した。

白山が戦いの先陣を切って武者草鞋《むしゃわらじ》の者の足首に咬《か》みついた。

「あ、い、痛たた」

と尻餅《しりもち》をついた武者草鞋の者の腹を平助の槍折れが一撃し、気絶させた。

「それいけ」

速水右近が槍折れをぶん回しながら、刀を構えた剣術家に襲いかかり、田丸輝信も神原辰之助もそれぞれ相手を見つけて襲いかかった。

利次郎に穂先をつけた槍術家に、小田平助が歩み寄ると、

「槍折れと槍の勝負ばい。謝るならたい、今ばい」

「おのれ、下郎風情《ふぜい》が槍折れなど構えて、この中和流槍術の冴《さ》えを見よ」

と穂先を利次郎から小田平助に回した。

その間、待ち受けていた平助が、

「勝負、よかな」

と声をかけると、手繰《たぐ》った槍を扱いて突き出された得物《えもの》めがけて、平助の槍折れが迅速の速さで叩き付けられ、長柄の槍を二本に圧《へ》し折《お》った。

「嗚呼《ああ》」

と驚愕の声を洩らした雨知某の腰を槍折れが叩いて庭先に転がしていた。

手水鉢の前の利次郎が手を洗い、寝間着の腰で手を拭《ぬぐ》うと、

「雉《きじ》も鳴かずば撃たれまい」

と言い残して、

「小田様、お休みなされ」

と雨戸を閉じた。

第五章　お代の還俗

一

鎌倉尼五山の第二位、松岡山《しょうこうざん》東慶寺は、寺号を東慶総持禅寺と称するように、臨済宗円覚寺派《りんざいしゅうえんがくじは》に所属していた。開山は覚山志道尼《かくざんしどうに》、開基は北条貞時《ほうじょうさだとき》であった。この東慶寺、江戸でとみに名が広まったのは「縁切寺《えんきりでら》」としてであった。女のほうから離縁を持ち出せなかった時代、東慶寺で三年間修行すれば離縁する権利を得た。ともあれこの寺門を潜れば何人《なんぴと》も口を出せなかった。

朝のうちに米内作左衛門を使いに立て、本日面会の刻を作っていただけるかどうか、清澄尼《せいちょうに》に問い合わせていた。すると清澄尼から四つ（午前十時）の刻限においでをという返事を貰って米内が戻ってきた。

「作左衛門、そなたらは駕籠とともにこの旅籠六浦屋にてわれらの報せを待て」

と命じた。

三年ぶりに磐音は、初めて東慶寺を訪ねる半蔵に従い、山門を潜った。

庭で作務《さむ》をなす尼に、清澄尼に招かれた旨を告げると、二人は即座に庭の一角にある茶室に案内された。

父や母とともに磐音がこの寺を訪ねた折り、松籟《しょうらい》が微《かす》かに響き、木槿《むくげ》の花が咲き誇っていた。

松籟は鎌倉の静けさをよりいっそう際立たせていたが、すでに木槿の季節は終わっていた。その代わり艶やかな紅葉が二人を迎えてくれた。

磐音と半蔵は茶室の躙《にじ》り口で大小を抜き、寄付《よりつき》に置いた。身なりを整える磐音に半蔵が言った。

「そなたが先じゃぞ」

中居半蔵の従者と磐音は思ってきたが、半蔵は磐音を先に立てる気だ。その気持ちを察したように茶室から、

「坂崎磐音様、お待ちしておりました」

と庵主《あんじゅ》の懐かしい声がした。

「ご免くだされ」

と身に寸鉄《すんてつ》も帯びることなく、懐に奈緒の紅板だけを入れて茶室に入ると、清澄尼の顔が磐音を迎えてくれた。

一礼し、座についた磐音のあとに半蔵が続いた。

庵主は、釜の前で二人を待っていた。

「よう参られました。一服差し上げたい」

「楽しみにして参りました」

と磐音が答え、半蔵が黙って首肯した。

磐音と半蔵は清澄尼の持《も》て成《な》しの一碗を喫して、心を落ち着けた。

「磐音様、田沼意次様との戦、大方の決着がついたと巷の噂にございます。長年の苦労が報われましたか」

清澄尼が磐音に問うた。

「清澄尼様、世間が噂するように、田沼意次様の力は大きく減じられたと思われます。されど、双方が矛を収めたわけではございません。それが証に、昨夕も朝比奈の切通しから杉本寺を過ぎた岐れ道にて雲水姿の二人の刺客に待ち伏せされました。亡くなられた田沼意知様と関わりの者が放った刺客のようでございました」

「なんと、未だ田沼様はさようなことを」

「権勢を保持されていたお方だけに、身分を失い、若い昔の時代に戻られるのがいたたまれぬのでございましょう」

「田沼様には、身分や官位などに関わりない、さわやかな楽しみを教えて差し上げとうございますな」

と微笑んだ清澄尼が、

「お代様を迎えに来られましたか」

と磬音に質した。

「清澄尼様、福坂実高様の正使は隣におられる中居半蔵様にございます」

磬音の言葉に頷いた清澄尼は、

「お代様の信頼厚いお方は、坂崎磬音その人でございましょうに」

と言い切った。

「えへんえへん」

半蔵が磬音の注意を引き、

「許す。そなたが続けよ」

と囁いた。

　磐音も清澄尼の応対を己がなすことに決めた。

「清澄尼様、縁切寺法によれば、三年の修行ののちは、その者の意思に従うのでございましたな」

「磐音様、三年前に寺法のことはお話し申しましたよ」

　はい、と答えた磐音が、

「お代の方様のお気持ちはいかがにございますか」

　と質したことに、清澄尼が、

「未だ迷うておられます」

　と応じた。

　すると半蔵が、
　しゃあっ
　と思わず驚きの声を洩らした。

　だが、磐音は無言のままだ。その磐音の顔を老尼が見た。

「一つの迷妄《めいもう》を抜け出れば、その先にはまた新たな惑いが待ち受けておりましょう。迷いがなくなられたとき、人はあの世からのお迎えを受けるものとそれがし愚考いたします」

「剣の道もそのようなものですか」

「頂きに手が触れたと思うのはその者の驕《おご》り、終生道《しゅうせいどう》を究《きわ》めることなく道半ばにて死にゆくのが剣術家の道かと存じます」

「老中田沼意次様はその法が、道理がお分かりではございますまい。恐ろしいお方を相手になされましたな」

と呟いた清澄尼が、

「お代様の心には悔いがございます。実高様を裏切ったという悔いの日々は三年余の歳月で薄れはしましたが、決して消えることはございませんでした」

「老尼、お伺いしたい」

半蔵が二人の問答に加わった。

「お代の方様の悔いの気持ちが消えなければ、この寺門を出ることは叶《かな》いませぬか」

「そのことはお代様に直にお尋ねなされませ」

と半蔵に応えた清澄尼が、

「お代様にとって三年余の修行は無駄ではございますまい。お代様に、実高様へ真の心を尽くせなかったという悔いが未だあること、そのことを分かった上で実高様とともに歩き出されるのならば、東慶寺の歳月は無益ではなかったということです」

「清澄尼様、東慶寺に入ることを望まれたのはお代の方様自らの意志にございます」

「内心では実高様の迎えが来ることを待ち望んでおられる、そのように私には思えます」

　半蔵が安堵の吐息をついて尋ねた。

「老尼、お代の方様と面会が叶いましょうか」

「折りしもお代様は三七二十一日《さんしち》のお籠《こも》りを自ら望んでなされております。満願は明後日の夜明けにございます」

「なんと二十一日のお籠りを。どうしたものか、磐音先生」

　磐音は笑みの顔で半蔵を見ると、

「われらにできることはただ待つことだけです」

と言った。

半蔵と米内作左衛門は、ぽっかりと空いた二日を鎌倉の寺社詣でと見物に当てることにした。

いささか考えの浮かんだ磐音は東慶寺からの帰路、半蔵に断って建長寺《けんちょうじ》に立ち寄り、

「頼みましょう」

と庫裡《くり》の玄関で声を張り上げ、その場にいた老僧に参禅を願った。

「お武家様、五日間入門を繰り返し願い、六日目の朝に僧堂への入門が許されます。これが入門の儀式、新到参堂《しんとうさんどう》にございます」

「それは知らぬことにござった。それがし、今日、明日、明後日の未明までしか鎌倉に滞在できませぬ。わずか二日では参禅させてもらえませぬか。それがし、僧堂ではのうて外回廊の端でもようござる」

と願ってみた。

「江戸から参られましたか」

「いかにもさようです。江戸小梅村にて道場を構える坂崎磐音と申します」

「坂崎磐音様とな。ひょっとして先の西の丸徳川家基様の剣術指南を務められたお方ではございませぬか」

「いかにもさようでござる」

「その坂崎様が鎌倉詣でに参られましたか。参禅のこと、住持に許しを得て参ります」

と奥に向かった老僧がすぐに戻ってきた。

磐音は五日間の入門を乞う儀式をなしにして、僧堂への入門を許されるという。

「御坊、それがし、雲水方の邪魔はしとうござらぬ。ゆえに僧堂外での坐禅修行を許してもらえませぬか」

と磐音は改めて願ってみた。

「坂崎様、そなたがなんのために鎌倉に参られたか予測はつき申す。他人様のために鎌倉に参られたお方に、回廊で参禅を許す仕来りは建長寺にはございませぬ、との住持の言葉にございます。ただ今より明後日の夜明けまで雲水と同じ修行をなされませ」

と老僧自ら僧堂に連れていくという。

磐音は僧堂を訪ねる前に、大小をはじめ持ち物一切を庫裡に預け、修行僧の僧衣に着替えた。

「御坊、僧堂での仕来りがあれば教えてもらえませぬか」

「修行成就《じょうじゅ》の願いをこめて聖僧文殊大士《もんじゅだいし》様に五体投地《ごたいとうち》の三拝を行いなされ。それ以外は、坂崎様が道場でなされると同じ作法で行いなされ、とのことでございました」

頷いた磐音は初めて建長寺僧堂に足を踏み入れた。

人の気配はあった。だが、雲水らは禅堂の気に溶け込んで、時の流れに同化したように坐禅を組んでいた。

磐音は、禅堂内の真ん中にある聖僧文殊大士の像に体を屈して低頭し、上体を投げ出すように三拝して新到参堂を乞うた。さらに禅堂内の指導方の直日《じきじつ》、世話役の侍者《じしゃ》に次々と低頭した。

仕来りに反しての参堂の新入り、新到に、侍者が磐音の席、単《たん》を無言で告げた。

磐音の単の両隣には先輩雲水がいた。無言で低頭すると単に着いた。

「新到、参堂」

との侍者の声が厳《おごそ》かに響き渡った。

辺りの清々《すがすが》しくも森閑とした静寂の時の流れに、磐音は入っていこうとした。

すると一斉にお茶が振る舞われ、雲水たちはすぐさま飲み干した。

磐音も倣った。

これが禅宗独自の入門の儀式だった。

異例の新到を建長寺は受け入れてくれた。

ここでは世間の身分も地位も忘れて、だれもが無名の一雲水として扱われた。

磐音は、寝るときも食べるときも、この一畳の単の中で過ごすことになった。

三日目の夜明け、坐禅を早めに切り上げた磐音は、まず文殊大士に詫び、僧堂の直日、侍者、雲水方に合掌して低頭すると、この二日の参堂を感謝した。

静かに僧堂を出て、庫裡に向かうと、老僧が磐音の持ち物を手渡してくれた。

それに着替えた磐音は、懐紙に一両を包み、建長寺に喜捨するために老僧に預けた。

「坂崎様、東慶寺の清澄尼がお待ちでございますぞ」

東慶寺は円覚寺派の禅寺であり、建長寺は当然建長寺派の総本山だ。だが、建長寺と東慶寺はそう遠くない。情報はそれなりに伝わるのであろう、と磐音は思った。

「それがしにとって得難い機会にございました。他の雲水方の妨げにならなかったのであればよいのですが」

「住持がこう伝えてくれと言われました。一芸に秀でし者は何事にも無駄がなく、己を無の境地に自在に誘《いざな》われる、とな。建長寺の長い歴史の中でこれほどの新到参堂はございませんでした、と仰いました」

「有難きお言葉にございます。また寄せてもらいとう存じます」

磐音は建長寺の山門を出て、さほど遠くはない東慶寺に向かった。

東慶寺山門下には江戸から同行してきた御忍駕籠があった。

「磐音先生、参禅しておられると聞きましたが、夜は旅籠に戻ってこられるとばかり思うておりました」

米内作左衛門が磐音を見て話しかけた。

「鎌倉はどうであったな」

「江戸に出て、初めてゆったりとした気持ちになりました」

「それはようござった」

「中居半蔵様はすでに庫裡でお待ちでございます。磐音先生が戻ってこられぬと案じておられました」

米内に頷き返した磐音は東慶寺の門を潜り、本堂に向かい、瞑目《めいもく》して合掌した。

本堂内に人の気配がした。磐音を見詰めている気配があった。

この二日、一椀一汁の食事しかしなかった。ために神経が常よりも鋭敏になっていた。

両眼を開くと本堂から一人の女性《にょしょう》が磐音を見下ろしていた。剃髪《ていはつ》のお代の方であることを磐音は認めた。

三年余前に別れたときよりほっそりとしていた。そして、三七二十一日のお籠りのせいか、頬《ほお》も削《そ》げていた。だが、眼差しは穏やかであった。

お籠りのあと、本堂で修行成就の礼を述べていた様子があった。

「磐音、私を迎えに来られたか」

「いかにもさようにございます」

ふうっ
と息を吐いたお代の方が尋ねた。

「殿はお許しであろうか」

「お代の方様、それがしがお迎えに参ったことでお察しくださりませ。殿はお代の方様のお帰りを、一日千秋《いちじつせんしゅう》の想いでお待ちにございました」

「磐音」

と呼ぶ声が高ぶった。

「お伴いたします」

しばし間があった。そして、

「頼みますぞ」

と願う声がして寺房に向かいかけたお代の方に、

「殿からの預かりものにございます」

と磬音は白鶴紅と筆を差し出した。

「殿がこの私に紅を」

お代の方が訝しげな顔をした。

「小林奈緒の名を覚えておられましょうか」

「関前藩家臣の娘にして、そなたの許婚であった女子じゃな」

「いかにもさようです」

「吉原で一時、太夫まで上りつめ全盛を誇ったと聞いたことがあります。その後、どこぞの商人に落籍されたのではなかったか」

「よう承知しておられます」

「禅寺におると昔のことばかりを思い出す」

磬音はその後の奈緒の変化を告げ、ただ今では浅草寺門前に店を開いた最上紅前田屋の女主であると伝えた。

「なんと、奈緒は紆余曲折の暮らしの後に江戸に落ち着きましたか」

「子が三人おります」

「奈緒が、この紅を売っているのですか」

「売っているだけではございません。紅を造り、白鶴紅として江戸で評判の紅屋の主にして女職人にございます」

「人の来し方は分からぬものじゃな」

「人それぞれの生き方がございます」

磐音の言葉にお代の方がゆっくりと頷いた。奈緒の生き方に己のそれを重ねている表情が窺えた。笑みが顔に浮かんだ。

「還俗の証に奈緒の紅を塗って江戸に戻れと申すか、坂崎磐音」

「お代の方様のお好きなようにお考えくださりませ」

「殿はどう思われようか」

「お代の方様に届けよと命じられたのは殿にございます」

磐音の言葉をしばし吟味していたお代の方は頷くと、紅板と筆を胸に抱くようにして、三年余を暮らした東慶寺を去るため清澄尼らに別離の挨拶に向かった。

鎌倉東慶寺からお代の方を乗せた御忍駕籠が出立したのは四つ（午前十時）の刻限だった。

いかに清貧を強いられる尼の暮らしとはいえ、片付ける荷があり、別離の挨拶をなす者もいた。

お代の方は持ち物の大半をともに修行を続けてきた女子たちに分け与え、ふだん手入れをしていた墓所を清掃し、江戸から中居半蔵が用意してきた江戸小紋に着替え、最後にふたたび清澄尼に感謝の言葉を述べて、駕籠に乗り込んだ。

だが、その顔は素顔のままで、磐音が届けた白鶴紅を刷いた様子はなかった。

磐音らが山門前まで見送りに出た清澄尼に一礼したのち、駕籠は江戸へと向かった。

二

往路と同じく建長寺の前から鶴岡八幡宮《つるがおかはちまんぐう》に出て、杉本寺などを通り、朝比奈切通しから六浦道を辿ることにした。

駕籠の中のお代の方はお籠りの疲れか、あるいは三年余の来し方を思い浮かべているのか無言を続け、駕籠の揺れに身を任せている様子であった。

磐音は、建長寺前の巨福呂坂《こぶくろざか》を駕籠が通過する折り、足を止めて深々と拝礼を繰り返した。そして、先行する駕籠に坂の途中で追いついた。

「磐音、そなたの参禅はどうであったな」

半蔵が大役を果たしたという顔で訊いた。

身の始末をつけ、気持ちの整理をつけたお代の方と庫裡で会った中居半蔵は、

「お代の方様」

と押し殺した声を洩らしただけで、顔を伏せ身を震わせていた。その様子にお代の方もまたなにも言葉にすることが叶わなかった。

長い二人の無言の再会を見ていた磐音が、

「中居様、江戸まで無事お代の方様をお送りする務めが待っております」

と声をかけ、その声に我に返った半蔵が、

「お代の方様、この日が来るのを中居半蔵、いつかいつかと待ち望んでおりました」

とようやく言葉にし、お代の方も、

「半蔵、長いこと気遣いをさせましたな」

と応じて主従の対面は終わった。

もはや両者にこれ以上の言葉は不要であった。

晴れやかな半蔵の顔と清々しくも頬がこけたお代の方の表情が、江戸への帰路の意味を表していた。

磐音は最前の半蔵の問いに答えた。

「異例にも建長寺僧堂にて新到参堂を許されまして、雲水方と同じ参禅修行を経験することができました。わずかな日にちでしたが、それがしにとって貴重な体験にございました」

磐音の言葉に半蔵の視線が駕籠に向けられた。

「お代の方様も三七二十一日の参籠《さんろう》修行をなされた。そして、尚武館の磐音先生も参禅修行か。それがしと米内は寺社参りとはいえ、物見遊山《ものみゆさん》の如き鎌倉暮らしをしておった。だいぶ人間の出来が違うようじゃな」

と嘆いた。

「中居様、人それぞれにございます」

「そう言われればそれまでじゃが」

「ご不満でございますか」

「不満などあろうはずもない。こうしてお代の方様のお供で江戸に戻れるのじゃ。それもこれも坂崎磐音の人徳あってのこと」

「中居様も人柄がまろやかになられたようでございますな」

「磐音、それがしをいくつと思うてか。五十路をとうに過ぎておるのじゃぞ」

と半蔵が応じると、

「半蔵、人は等しく歳を重ねるもの、驚くことではございますまい」

とお代の方の声が応じた。

「お代の方様、坂崎磐音との問答がお邪魔をいたしましたか。お許しくださりませ」

と詫びる半蔵の声は平静に戻っていた。

「いえ、そなたらの話を懐かしゅう聞いておりました。磐音は建長寺で新到参堂をなしましたか」

「わずか二日の坐禅修行にございましたが、ただ今のそれがしの気持ちを新たにして無の境地に近づける日を持てたのは、お代の方様をお迎えに参ったからこそ得られた功徳《くどく》にございました」

「東慶寺と建長寺、派は違えど禅宗の寺で二人が共に参禅修行ができたとは、嬉しいかぎりです」

とお代の方が答えた。

「お代の方様、三七二十一日の参籠のあとの江戸への旅にございます。ゆるゆると戻りますが、お疲れになったら、いつなりとも声をかけてくださりませ。駕籠を止め、休みましょうぞ」

半蔵が言った。

「建長寺の雲水方の参禅修行と私の参籠は比べものになりませぬ。それに無事に終えてみれば、かような嬉しいことが待ち受けていたのです。疲れなどございましょうか。東慶寺の年余の暮らしで私の心身は変わりました。いや、変わらねばなりませぬ」

とお代の方が言い切った。

「お代の方様、出立の刻限が遅うございました。ゆえに江戸に着くまでに途中で一泊する要がございます。どこかお立ち寄りになりたいところがございましょうか。あれば見物しながら旅を続けます」

磐音の言葉にしばし考えていたお代の方が、

「金沢八景の景色をしばしば耳にいたしました。朝比奈切通しから六浦道を辿って金沢道に入るのであれば、金沢八景を見物に立ち寄ってくれませぬか。一目見ておきたい」

と言うのへ、半蔵が、

「それがしも前々から金沢八景を見物したいと思うておりました」

「お代の方様、中居様、ならば六浦湊に立ち寄り、続けて金沢八景を愛《め》でて参りませぬか」

「おお、それはよい考えですよ」

お代の方が磐音の提案に賛意を示し、六浦湊、金沢八景への立ち寄りが決まった。


武蔵国と相模国の国境にあった六浦湊は、その昔、

「武蔵国六浦荘《むつらのしょう》」

と呼ばれた領域に属し、栄えていた。

この六浦湊から、国内の品々ばかりか中国との交易により青磁、仏像、書画骨董が朝比奈切通しを越えて運び込まれ、鎌倉を潤した。一見、武骨に思えた切通しは、大陸からの異文化を伝えた道でもあったのだ。

そんな朝比奈切通しを越えたお代の方の一行は、昼前に六浦湊に到着した。

「磬音、そなた、金沢八景とはどことどこか、存じていますか」

お代の方が磬音に問うた。

「金沢八景とは、八つの景色があるのでございますか」

磬音はお代の方に尋ねられて己の無知を恥じた。

「金沢八景の謂れですが、元禄七年（一六九四）頃、水戸光圀《みつくに》公に招かれた明《みん》の僧侶心越《しんえつ》禅師が箱根に向かう折り、この地を通りかかり、その景色の美しさを詩に詠《よ》んだ『金沢八景』が始まりとされます」

「おお、お代の方様はようご存じでございますな」

「半蔵、私は鎌倉の縁切寺に三年余いたのですよ。寺にもいろいろなお方が悩みを抱えて来られます。そんな中に六浦の網元の女房がおりました。その道《みち》さんから教えてもろうた知識です」

と答えたお代の方がすらすらと金沢八景を諳んじた。それによれば、

「洲崎晴嵐《すさきのせいらん》
瀬戸秋月《せとのしゅうげつ》
小泉夜雨《こづみのやう》

乙艫帰帆《おつとものきはん》
称名晩鐘《しょうみょうのばんしょう》
平潟落雁《ひらかたのらくがん》
野島夕照《のじまのせきしょう》
内川暮雪《うちかわのぼせつ》」

の八景だというのだ。

「磐音、半蔵、六浦界隈の絶景に時節を重ねながら、心越禅師は詠まれたのです。この八景を口にするだけで六浦荘の美しさが目に浮かびませんか。私は東慶寺で、いつの日か金沢八景の景色をこの目で見たいものと願うておりました。思いがけなく三七二十一日の参籠の褒美《ほうび》に金沢八景を愛でることができます」

お代の方が口にした八景を次々に駕籠を止めて見物しながら、六浦湊で昼餉を食することにした。

「お代の方様、口利きが後れましたが、この者、米内作左衛門と申し、代々関前で普請奉行を務めておりました。国家老坂崎正睦様の抜擢で初めての江戸勤番を務めておりまして、藩物産所に配されております」

と駕籠から離れて従ってきた米内作左衛門を紹介した。

「米内作左衛門というか、よしなに願います」

とだけお代の方が応えた。

「半蔵、磐音、酒《ささ》を所望ならば頼みなされ。代の参籠成就と還俗の祝いです」

と許しを与えた。

「いえ、われらには大事な務めがございます。江戸藩邸に戻るまで酒など一滴も口にしませぬ」

半蔵が言った。

「建長寺にて参禅した磐音は別にして、半蔵と米内らは若宮大路の六浦屋に泊まったのではございませぬか。夕餉に酒の一滴も口にしなかったと言われるか」

「いえ、それは」

「中居様、お代の方様があのように仰せなのです。金沢八景の名勝を愛でながら、お代の方様の仰せのとおりの祝いをなしませぬか」

と磐音が言い、米内が急ぎ、酒を注文した。

四人に猪口が配られた。

「私もですか」

「お代の方様、お祝いにございます。口をつけられるだけでようございます」

磐音の言葉に四つの猪口に酒が注がれ、

「お代の方様、改めましてご苦労に存じました」

と中居半蔵が音頭をとって、四人はそれぞれの思いをこめて猪口に口をつけた。

お代の方と磐音は、かたちばかり酒に口をつけ、お代の方が、

「おお、酒《ささ》の香りはかようなものでしたか。思い出しました」

と破顔した。


この日、お代の方の一行が程ヶ谷宿に到着したのは七つ半（午後五時）の刻限であった。昼餉のあと、米内作左衛門を先行させていたので、三年前の往路に泊まった宿に四部屋を押さえることができた。

旅の慣わしどおりに七つ（午前四時）発ちすれば、明日には江戸に到着できる。お代の方はやはり参籠の疲れと、久しぶりに乗り物に揺られて金沢八景を見物したこともあって、湯を使うと夕餉を軽く摂り、早々に床に就いた。

半蔵の部屋に磐音と作左衛門ら三人の膳部が運ばれてきた。

「作左衛門、これからの坂崎磐音との問答、聞くことを許す。じゃが決して口外はならぬ」

と命じた半蔵に作左衛門が、はっ、と畏まって受けた。そして、半蔵と磐音の盃に酒を注ごうとした。磐音は断り、作左衛門も自らの盃を満たさなかった。

「磐音、お代の方様はお変わりになったと思わぬか。それがし、初めて東慶寺を訪ねたが、お代の方様が三年余も辛抱なされるとは想像もしなかった。そうではないか。多くの女中衆に傅《かしず》かれて育ってこられたお代の方様が尼寺で修行じゃぞ。信じることなどできようか」

磐音は黙したままだった。

「そなたは、ご家老が関前に戻られる折りに、照埜様とともに東慶寺を訪ねてお代の方様に会うておる。ゆえにそれがしと同じ考えとは思わぬが、本日、三七二十一日の参籠を終えられたお代の方様のお顔に接して、お変わりになった、別人のようじゃと思うた。ようもこれまで辛抱なされたものよ」

と半蔵が呟いた。

「江戸藩邸を出る前夜のことじゃ。それがし、殿に念押しをしたことがある。『女中衆を二人ほど同行せずともようございますか』とな。すると殿はこう返事をなされた。『半蔵、女中を伴い、お代が女中らの手を借りて還俗するようならば、東慶寺での修行はいったいなんのためであったのだ、と問い直されねばならぬ。そうは思わぬか』とな」

　磐音は、実高もまた変わったと思った。

　お代の方が東慶寺に入ることになった経緯を自らに問い質してきたのだと思った。ゆえに迎えの一行に女衆を伴わせなかったのだ。

「殿はお代の方様がお変わりになることを信じておられた、いや、そう願われていた。坂崎磐音、そなたは、それがしとも殿のお考えとも違い、お代の方様の今を承知しておった。そうではないか」

　磐音は応えない。

「なんぞ言わぬか」

「中居様、お代の方様が真にお変わりになったのであれば、殿も、中居様方家臣一同も、関前の藩士一同も変わらねばなりますまい。そのためにこそ、お代の方様は東慶寺の三年余を過ごされたのです」

　うむ、と頷いた半蔵は膳の盃を手にして飲んだ。しばし、飲み干した盃を手に考えていた半蔵が、

「坂崎磐音が藩外に出たことを感謝しとうはない。だが、過ぎ去った昔の出来事を消し去ることもできぬ。そなたは自らの意思で藩を出て、小林奈緒は父親の病

の治療の金子を得るために遊里に身売りした。わずか十数年前、関前藩は家臣同士が刃を交えるような状態にあったのじゃ。あの頃に決して戻ってはならぬ」と己に言い聞かせるように言った。そして、ふと気付いたように、

「それがしはなにを言いたかったのじゃ。そうか、坂崎磐音が関前藩を見捨てなかったゆえ、ただ今の関前藩があるということをな、そなたに伝えたかったのじゃ」

「中居様、それがしとて同じでございます」

「どういうことか」

「豊後関前藩があればこそ、坂崎磐音は己の信ずる道を突き進むことができたのです。藩がそれがしの行動を見守っていてくれると思うがゆえに、人の道に反したことはできなかったのでございます」

「そなたはだれよりも己を律することを承知の人間よ。われら凡人とは違うのじゃ。なにも言うな、それがしはそう信じておるのだ」

半蔵が磐音の反論を封じた。

翌日七つ発ちで程ヶ谷宿を出て、六郷の渡しを昼前に渡った。渡し船が向こう

岸に着こうとしたとき、関前藩江戸藩邸の一行がお代の方を迎えに出ているのが見えた。

出迎えの長《おさ》は実高の跡継ぎの俊次《としつぐ》だ。

「俊次様がお出迎えじゃと。それがしはさようなことは聞いておらぬぞ」

と半蔵が慌て気味に磐音を見た。その様子を見ていたお代の方が、

「半蔵、実高様には坂崎磐音なる軍師がついているのですよ。殿と磐音が内々に打ち合わせてのことだとは思いませぬか」

「そ、それは窺い知れませぬ」

と半蔵が狼狽《ろうばい》したまま、

「どうじゃ、磐音」

と渡し船の中で質した。

「お代の方様、楽しい道中にございました」

磐音は半蔵の問いには答えず、お代の方に礼を述べた。

渡し船が船着場に到着し、

「養母上、お帰りなされませ」

俊次が、まるでお代の方が湯治にでも行っていたかのように出迎えた。

「出迎えご苦労に存じます、俊次どの」

お代の方もまるで実の倅のような態度で遇し、双方が穏やかな視線を交わした。傍目《はため》には実の親子の再会の場と思われたかもしれない。だが、この二人、初めての対面であった。

実高とお代の方の間には子がなかった。

豊後関前藩の長年の懸念であった。

お代の方が国許の側室にいささかの嫉妬を覚え、平静を欠いた理由の一つだった。その結果、お代の方は自らの意志で東慶寺に入り、仏門に帰依《きえ》する三年余の歳月を過ごした。

俊次が実高の跡継ぎとして福坂家に入ったのは、お代の方が鎌倉に去ったあとのことだった。

お代の方は爽やかな眼差しの青年が、

(福坂家の跡継ぎ、私の倅ですか)

と俊次を笑みの顔で正視し、俊次もまた、

(江戸の養母上にお会いできた)

との感激に浸っていた。

俊次が実高の跡継ぎとして藩内で受け入れられた背景には、坂崎正睦、磐音父子の後ろ盾《だて》があってのことだ、とお代の方は感じ取った。

(私が鎌倉にいる間に事が動いた。私も変わらねば)

とお代の方は改めて六郷河原で心に誓った。

「俊次どの、よしなに願います」

「養母上、未だいたらぬ俊次にございますが、諸々お教えくださりませ」

と互いに乞うて、初めて対面した親子は微笑み合った。

行列が河原で組み直された。

「先生、有難うございました」

俊次が磐音に礼を述べた。

旧藩の跡継ぎは磐音の門弟でもあった。

「何ほどのことがございましょうや。小梅村に変わりはございませぬか」

「ふだんどおりの稽古がなされております」

御忍駕籠に乗り込む前、お代の方が磐音のもとにやってきた。

「磐音、奈緒に礼を言うてくれませぬか」

礼を述べたお代の唇にはうっすらと白鶴紅が刷かれていた。

「よう、お似合いでございます」

にっこりと微笑んだお代の方が、六万石の大名の正室の格式を整えた行列の駕籠に乗り込んだ。

「そなた、屋敷には参らぬのか」

半蔵が磐音に質した。

「それがしの務めはここまでにございます」

「そなた、だんだんと、関前におられる古狸様に似てきおったな」

半蔵は言い残すと行列に加わり、一行は河原から品川宿へと向かっていった。

磐音は黙然とお代の方の一行を見送った。

三

江戸は暗雲をはらみつつも、表面上は淡々とした日々の暮らしが続いているように思えた。一方で江戸城の内部では、相変わらず田沼一派と反田沼派の駆け引きが繰り広げられていた。

閏十月五日の田沼意次処罰のあとも、田沼意次の腹心の勘定奉行松本秀持《まつもとひでもち》に逼塞の沙汰が下り、さらに意次の推し進める政策に参画した者たちの失脚が相次いだ。

だが、その沙汰の対象から外れた田沼一派もいた。田沼一派の重鎮大老井伊直幸、老中松平康福、変心した老中水野忠友、さらには意次の最側近の御側御用取次横田準松らだ。

家治の跡を継いだ家斉の実父にして、こたびの田沼意次追い落としの中心的人物一橋治済らは、慎重に田沼一派の残党狩りを進めていたといえよう。

天明六年も師走《しわす》を迎え、小梅村では相変わらず稽古三昧《ざんまい》の日々が続いていた。

この日、朝稽古を終えた磐音は、朝餉と昼餉を兼ねたいつもの食事を、稽古見物に来ていた速水左近とともに摂った。

膳を前にして速水は、未だ城中では両派の駆け引きが続いていることを改めて磐音に告げ知らせてくれた。

ただ今の磐音には、田沼意次が老獪《ろうかい》な政治家であるより、嫡男《ちゃくなん》を失い、その痛手から立ち直れない一老人にしか映らなかった。

「一橋治済様方は、家治様のお考えを蔑《ないがし》ろにして田沼意次様が独断で人々を苦しめる政策を推し進めたと主張なさり、大老井伊直幸方に、田沼意次様へのさらなる厳罰を求めていると聞く。ともかく田沼様が推し進めてきた天明の改革をことごとく否定なさり、独断専行してきたとあちらこちらで吹聴しておられる。じゃが、それがしに言わせれば、田沼様が推し進めてきた手賀沼・印旛沼の開拓をはじめ諸政策は、大老、老中の同意がなければできぬ相談であった。そのことを無視して、田沼様に唯々《いい》諾々《だくだく》としてきた大老、老中に、さらなる処罰を求めておられる。政《まつりごと》の場が非情であることを、この速水左近とて知らぬわけではない。じゃが、御三家を後ろ盾にした一橋様の行動、いささか得心できかねる」

速水は嘆いた。

「速水様、一橋治済様方など新たな体制を仕度しておられる方々から、お誘いはございませぬので」

「幕閣に加われとの誘いかな」

「はい」

「あるようなないような。だれの言を信じてよいものか分からぬゆえ、それがし、さような言葉を受けた折り、愚鈍《ぐどん》にも真意を察しなかった体《てい》をとって受け流しておる」

と苦笑いした。

「もし然《しか》るべき人物から得心のいくお話があれば、お引き受けなさるお気持ちですか」

「磐音先生、戦の時代が終わって百数十年が経っておる。幕臣や大名の関心は、職階や禄高でしか測れぬ時代よ。直参旗本のそれがしにとって、ご奉公は城中の務めにある。どのような場合も、上様の命はお受けするのが臣下の務めじゃ。されど家治様の御側御用取次を務めてきたそれがしにとって、かりに新たなるご奉公があるとしても、同じ道を辿ってはならぬと思う。心を定めるのは、もうしばらく時節が進んだあとでよいかと思う」

と速水は言い、

「それが宜しゅうございます」

と磐音は応じた。

速水左近が杢之助を伴い小梅村から辞去して四半刻後、師走の時がゆったりと流れている川向こうを何気なしに見ている磐音の視界に、武左衛門の姿が入ってきた。

どことなくしょんぼりしたようでもあり、なにか大きな仕事をなし終え、気が抜けたふうにも見えた。

磐音は武左衛門の気持ちを察していた。

縁側にやってきた武左衛門は、どすんと音を立てて腰を落とした。

「尚武館の先生、師走じゃな」

「いかにも師走でございます」

と応じた磐音に武左衛門は、長い溜息を吐いた。

「長い歳月、ご苦労にございました」

「苦労したのは勢津であろう。わしはただぼうふらの如く、どぶの中を漂うてきただけじゃ。なんの役に立ったというわけではない」

「そう申されますな。城中で老中と呼ばれるお方も、川のこちらで剣術修行するわれらも、また武左衛門どのとて、男子の生涯はおよそそのようなものではありませぬか」

「田沼意次様の半生と武左衛門の来し方は同じというか」

「そのようなものかと」

「そなたの理屈は釈然とするようで釈然とせぬな。なんぞ騙《かた》りにでも遭《お》うておるような気になるわ」

と武左衛門が嘆いたとき、台所から金兵衛が姿を見せた。

「おや、武左衛門さんか。師走で忙しかろうに、のんびりとした顔付きだな」

「どてらの金兵衛さんよ、わしもそなたももはや世間の用無しじゃ。だれも頼りにしておらぬ」

「うーん、武左衛門さんから言われると、この金兵衛、腹も立ちませんな。武左衛門さんの寂寞《せきばく》、当ててみせましょうかな」

「当てるも外れるもないわ。夫婦二人で始まった暮らしが、またもとの二人に戻っただけじゃ」

武左衛門の嘆きに磐音も金兵衛も頷いた。

竹村家には四人の子がいた。

坂崎家に奉公する早苗、最上紅前田屋で働く秋世、研ぎ師鵜飼百助のもとで修業を続ける修太郎、そして最後に、武左衛門と勢津と一緒に暮らしていた市造だ。

この市造が最上紅前田屋に姉を訪ねて、紅染めに惹かれた。何日か浅草広小路の最上紅前田屋へ通い、姉の秋世に、

「姉さん、おれも紅屋で奉公がしたい」

と言い出した。

「市造、最上紅前田屋のお客様は大半が女衆です。男が働く場所などございませ

んよ」

秋世は困惑の顔で言い放った。その会話を聞いていた奈緒が、

「秋世さん、市造さんの話は終わっておりませんよ、そうではありませんか」

「奈緒様、どういうことでしょうか。市造はこの店で働きたいと言っているのではないのですか」

「市造さんに質してごらんなさい」

市造が奈緒の顔から秋世に視線を移して、こくりと頷いた。

「おれ、紅染め職人になりたい」

「前田屋で働くのではないの」

「ここでもよい。紅染めの修業ができればな。おれは兄さんと違い、刀の研ぎなど物騒な仕事はやりとうない」

と秋世に訴えた。

「だれに研ぎ仕事をしろと言われたのです」

「父上が、おまえもそろそろ奉公に出る年頃だ、天神鬚《てんじんひげ》の百助老に頼んでみようかと言われた」

「呆れた。父上は兄弟の気性の違いも考えずに、修太郎のもとに押し込むつもり

なの」

　秋世の言葉に頷いた市造は、

「おれは美しいものがいい。どうせ奉公するならばな」

「それで紅染めをしてみたいと考えたの」

　秋世は奈緒を見て、

「市造は兄弟姉妹の中でいちばん気持ちが優しいのです。末っ子ゆえ、母上が可愛がって育ててきたせいでしょうか」

　と説明した。

「市造さん、どのようなことを身につけるにも十年の辛抱が要ります。その我慢ができますか。奉公に出ると、父御も母御も、姉様方も手助けすることができませんよ」

「おれ、奈緒様の染めた紅染めの着物を見て、紅染め職人になりたいと思ったんです。必ずやり通します」

　と言い切った。

「まずご両親に、市造さんの気持ちを伝えなされ。そしてお許しが出たら、どなた様かがそなたの手助けをしてくださるはずです」

「この紅屋で働くわけではないのですか」

「姉様や兄様が奉公する店で働けば甘えが出ます。そなたが本気で一人前の紅染め職人になりたいのなら、他人の間で苦労をなされ。それが職人になるただ一つの道です」

奈緒の説得に、市造が小梅村の磐城平藩安藤家の下屋敷に戻り、母親にまず相談すると、勢津は不意を衝かれたように身を竦ませていたが、

「おまえも奉公に行く歳になりましたか。修太郎は、研ぎ仕事に辿り着くのにいささか遠回りをしましたが、おまえはおまえらしゅうございますね。自分で道を決められた」

と言うと、その足で市造を坂崎家に連れていった。

「母上、おれが相談したのは奈緒様だぞ。尚武館の先生ではない」

「これでよいのです。奈緒様がお考えになっていることは、磐音先生の思われていることと同じです」

勢津と市造の話を聞いた磐音は、市造の気持ちと奈緒の言葉を確かめたあと、磐音が奈緒に宛てて一通の書状を認《したた》め、市造に持たせて独り最上紅前田屋に向かわせた。

その場に残った勢津におこんが、

「残るは武左衛門様の説得ですね」

と案じるのへ、

「おこん様、亭主のことはお任せください」

と勢津がにっこりと微笑んだものだ。

そんな経緯があって市造が磐音と話した三日後には、伊勢崎町の紅染や本所篠之助方に奉公に入ったのだった。


「坂崎磐音、わしから早苗を奪い、修太郎を天神鬚のもとに弟子入りさせ、さらに秋世を最上紅前田屋に奉公させおった。最後に残った市造まで、紅染め職人にする道筋をつけおった。父親のわしの立場をもそっと考えろ」

「武左衛門どの、いささか配慮に欠けておりました。坂崎磐音、このとおりお詫びします」

磐音が武左衛門に頭を下げると、

「そなたに詫びられても、今更親父の威厳を取り戻せるわけでもなかろう。そうであろうが、どてらの金兵衛さんよ」

「なにが、いかにもいかにもじゃ。この胸の中を吹き抜ける寂寞とした虚《うつ》ろな風が分かるか」

「武左衛門さんの気持ちも分からないわけじゃねえさ。この金兵衛だって、おこんはてめえで今津屋の仕事を見付けてきたんだ。十四、五の娘が独りで奉公の掛け合いに行くなんぞ、聞いたこともねえや。そんときの気持ちったら、今の武左衛門さんの寂しさと同じだろうよ」

「うちは四人じゃ」

「四人なら四倍寂しいと言いなさるか」

「違うと言うのか、金兵衛さんよ」

「今の四倍の寂しさは、そのうち四倍もの、いやそれ以上の喜びになって戻ってくるんだよ」

「四人でうちにいくらか給金を入れてくれるというのか」

「金じゃないよ。早苗さんがどなた様かと所帯を持ち、子が生まれてよ、おまえさんの腕の中に抱かれるんだよ。次々に孫が増えていく喜びが先に待っているんだよ」

「いかにもいかにも」

「金兵衛さん、わしは子は好かん、早苗たち四人で十分じゃ。いいか、金兵衛さん、孫は別だなんてぬかすなよ」

武左衛門が言うと、いきなり立ち上がった。

「なんだ、帰るのか。茶の一杯も飲んでいくがいいや」

「茶で寂しさが紛れるか」

と武左衛門が言い放ったとき、おこんと早苗が三人に茶菓を運んできた。

「父上のお好きな竹蔵《たけぞう》親分の蕎麦饅頭《そばまんじゆう》よ」

「な、なに、地蔵《じぞう》蕎麦の蕎麦饅頭か」

竹蔵は南町奉行所定廻《じようまわ》り同心木下一郎太《きのしたいちろうた》の下で十手を預かり、同時に本所法恩寺橋《ほうおんじばし》の袂《たもと》で『地蔵蕎麦』を営む御用聞きだった。

「でもお帰りになるのですね」

「だれが帰ると言うた。金兵衛さんの小言を聞いたら喉《のど》が渇いた」

武左衛門が叫ぶように言うと、また、どすんと音を立てて縁側に座った。

大晦日《おおみそか》を数日後に控えた小梅村を、奈緒と三人の子供たちが訪れた。店はもはや秋世に任せてよいほどに奉公に慣れたという。

奈緒がおこんに、自ら染めた睦月の七五三の祝い着を持参した。

「なんとも美しい紅染めですこと」

睦月以上におこんが喜んだ。

「本来なら十一月の祝いの日に間に合わせたかったのですが、なかなか紅染めの色合いが出ず、このような時節になってしまいました」

「奈緒様、正月に睦月に着せます。それにしても、このような手間のかかった高価なものを頂戴してよいものやら」

おこんが磐音を見た。

「おこん様、私のお礼の気持ちにございます。江戸にて紅屋の店を開けるなど、夢にも思わないことでした」

と言い合う女二人を横目に磐音は、

「奈緒、その後、店のほうはどうじゃな」

「お蔭さまで白鶴紅の売れ行きがようて、私一人の紅造りでは間に合わないほどにございます」

「なによりではないか。お代の方様も大変喜ばれておられた」

還俗したお代の方が鎌倉から江戸への帰路、程ヶ谷宿で密かに紅を刷いた様子を語り聞かせた。

「お代の方様は実高様の奥方様にございますね」

「いかにもさようじゃ。仔細《しさい》あって三年余、殿とお代の方様はお別れになって過ごされた。そのお蔭か、ただ今は以前より仲睦まじいと、中居半蔵様より聞いておる。おそらくそなたの紅板が取り持った再縁であろう」

　笑みの顔で頷いた奈緒が話柄を転じた。

「磐音様、おこん様、近頃は男のお客様が増えましてございます」

「それはまたどうしたことか」

「吉原の花魁衆が白鶴紅を刷いた唇で文を封し、馴染みのお客様に差し上げますと、数日を経ずして必ずお客様が吉原を訪ねられるそうな。その折り、白鶴紅をうちで買い求めて馴染みの遊女衆に差し上げる慣わしが生じたようでございます。ために吉原に向かわれる男衆がうちを訪れて、新たな白鶴紅を求めていかれるのでございます」

「なんとな。どうやら会所の四郎兵衛どののあたりの知恵ではなかろうか。なんにしても商い繁盛、結構なことじゃ」

　この日、奈緒たちは一刻ほどいて川向こうの店に戻っていった。その代わり、年末年始には小梅村にて一家で過ごすことが、おこんと奈緒の女同士の話で纏まった。

尚武館の船着場から神原辰之助の漕ぐ猪牙舟が離れていき、睦月が、

「奈緒様、ありがとう」

と祝い着の礼を述べ、空也が、

「亀之助さん、鶴次郎さん、お紅ちゃん、正月はうちで過ごす約束ですよ」

と叫んで、猪牙舟から亀之助らが手を振り返した。

「おこん、どうやら奈緒の一家も江戸に馴染んでくれたようじゃな」

「上々吉《じょうじょうきち》の江戸暮らし、なんにしてもようございました」

おこんの返事がしみじみと師走の風に流れていった。

そんな師走の一日、松平定信は御三卿の一橋治済の屋敷に招かれ、対面していた。

定信は、白河藩主松平定邦の養子だが、本《もと》を正せば御三卿田安宗武の七男として生まれ、祖父は八代吉宗であった。

御三卿は、御三家に適した将軍候補がいなかった場合、御三卿から新たなる将軍を選ぶように吉宗が設立した、徳川幕府の係累を絶やさないための制度だ。

その昔、田安の七男として明晰を謳《うた》われた定信もまた、将軍候補の最有力人物であった。だが、明敏さを恐れた田沼意次によって白河藩松平家に養子に出され、将軍の座を射止められなかった。

同じ御三卿の一橋治済の嫡男家斉が十一代将軍に決まっていた。世継ぎのなかった家治の養子として西の丸に入っていたからだ。この治済の嫡男が家治の養子に入る折りには、田沼意次が大きな力を発揮していた。

意次の念頭にも、家治の跡目を家斉に継がせることがあった。だが、それはあくまで自らが後見を務め、未だ幼い家斉に強い影響力を残すという、

「図式」

があった上だ。十四歳の家斉を六十八歳の意次が、

「支配」

するとなると、九代家重、十代家治、そして十一代家斉と、三代にわたる将軍家の、

「後見」

を務めることになる。そのための布石として、意次の世子意知を若年寄に就けたのだ。

老残の意次が描いた父子で三代の将軍を後見する企ては、新番士佐野善左衛門の刃傷で崩れ去った。そして今、田沼意次は老中職を辞し、全盛の象徴の神田橋御門内の屋敷を追われ、家禄二万石を削られていた。

「定信どの、十一代将軍家斉様の前途に未だ不安これあり」

治済が口火を切った。

定信は新将軍の実父の言葉に小さく首肯した。

「前老中田沼意次が専断してきた政治、一に利欲を追求する風潮、二に幕府救済を唱えて、新たな運上金《うんじょうきん》を下々にまで押しつけたために民衆の心が幕府から離れしこと、三に上から下まで幕府役人は廉直《れんちょく》の風儀を見失い、田沼意次に媚《こ》びへつらい、賂《まいない》を贈ることで出世が決まり、田沼意次とその縁戚の者により幕政が決まってしもうたこと」

などと治済が説き、

「定信どの、八代様の『享保の御仁政』に戻ることが肝要と考え申す。そのこといかに」

「治済様の仰せ、ごもっともにございます」

「じゃが、城中に田沼派の残党が未だある状態をいかにお考えか」

「治済様、田沼意次様は未だ家斉様にも影響を及ぼすとお考えにござろうか」

定信の反問に治済はしばし間を置いた。

「水に溺れる犬をそのまま放置しておくと、岸辺に泳ぎ着き、ふたたび力を取り戻す恐れがござる」

「いかにもいかにも」

「定信どの、なんぞお考えはないか」

こんどは定信が沈思し、

「お尋ねゆえ申し上げます。田沼意次様の息の根を止める手立てはただ一つかと存じます。それは謹慎の措置を解かれ、来るべき正月元日の江戸城総登城の折りに、家斉様と拝謁《はいえつ》の機会を作られること」

「な、なんと申されるや」

予想外の定信の言葉に治済の問い質しは半刻余に及び、二人の内密裡の話し合いは最後に得心し合って終わった。

四

混乱の天明六年が暮れ、新珠《あらたま》の天明七年（一七八七）の年が明けた。

江戸の春は三日にわたる御礼登城で始まった。

商家などは大晦日の夜遅くまで商いやら掛け取りに駆け回り、正月元日は店の大戸を下ろして休んだ。

元日の御礼登城は、徳川一門と譜代大名だけが卯《う》の刻半（午前七時）に登城した。

前年、厳しい沙汰を受けて地獄の憂き目を現世で受けた田沼意次だが、元日の御礼登城を許され、次期将軍徳川家斉に拝謁した。

その様子は城外には伝わってこなかった。

ただ、田沼意次は老中水野忠友、松平康福、牧野貞長らと一緒の拝謁であったという。三人はこれまで田沼意次の天明の改革を支えてきた「配下」であり、縁戚関係で強く結ばれていた面々だった。

田沼意知への刃傷騒ぎのあと、吹く風の方向が微妙に変わったと感じ取った彼らは、田沼家との縁戚関係を解き、離縁、義絶を言い渡してきた。そればかりか、天明の改革はすべて田沼意次の専断として処罰した元同僚でもあった。新たな年に三万七千石の大名として生き直すことになった、総登城の場の意次の心中はいかばかりであったか。

田沼意次は、意知の横死以来、己の胸の中に去来し続けてきた、

「意次、あえて御不審を蒙るべきこと、身に覚えなし」

との信念を言い聞かせて総登城を耐えた。すると、意次の心中に宿る真の、

「敵」

が見えた。

佐野善左衛門政言を使嗾した人物は、これまでの調べでほぼ摑めていた。

「松平定信」

であった。そして、定信の背後に控えているのは御三家、譜代大名であることもはっきりしていた。また、佐野善左衛門が城中で意知に刃傷に及んだ折り、あの凶行を助けた人物が何者か、必ずやいると思った。

最初、家基の死の関わりで田沼意次と敵対することになった坂崎磐音かと考えた。

坂崎磐音は、神保小路にまるで幕府御免の道場の如き直心影流佐々木道場を継承してきた佐々木玲圓の後継であり、家基の剣術指南であった人物だ。

家基の死に殉じた養父養母の仇として田沼意次を狙ってきたことは、これまでの経緯ではっきりとしていた。ために田沼父子は、幾たびとなく刺客を送り込み、坂崎磐音を亡きものにしようとしてきた。だが、だれ一人として坂崎磐音を討ち果たした者はいなかった。

意知の四十九日を目前に控えたある日、駒込勝林寺《こまごめしょうりんじ》の墓所を訪ねた折り、思いがけない人物に会った。

なんと坂崎磐音であった。

その折り、意次に対し、坂崎磐音は意知への刃傷そのものに直接の関わりがないと応じた。その上で、

「それがし、この胸に決して忘れえぬ哀しみを抱いております。その借りを返すには、この手でそなた様を斃す、必ずや成し遂げると心に決めており申した。それがしの願いをあの佐野様は無残にも打ち砕かれた」

と言い知れぬ怒りを抑えて言い切ったのだ。

その言葉を聞いたとき、坂崎磐音が意知の横死に関わりを持っていないと確信

した。

となれば意次の頭に浮かぶ人物は松平定信一人であった。

そう思う切っ掛けはあった。

意次の密偵らによると、佐野が刃傷騒ぎを起こす前々日に屋敷に戻ったが、それ以前の数日、佐野らしき人物が松平定信邸に匿われていたことを植木職人が証言しており、その人物が松平邸を出た折り、一振りの刀を提げていたことを見ていたという。

刃傷騒ぎのあと、血に濡れた刀が城中で見つかったが、佐野家所蔵のなまくら刀だったという。意知の傷は深手であった。そのようななまくら刀であのような深手を負わせられるものであろうか。

松平邸に匿われていた人物が確かに佐野善左衛門であり、定信が松平家所蔵の一剣を貸し与えたとしたら、意知に対する刃傷の真の下手人は松平定信、ということにならないか。

もし、意次が意知の仇を討とうと行動を起こせば、坂崎磐音が立ち塞がることは考えられた。定信が坂崎磐音の門弟の一人であったからだ。

「嗚呼」

意次ははたと思い付いた。

謹慎を解き、総登城を許したのは、決して田沼意次への沙汰が終わった証ではない。反対に油断をさせておいて次なる新たな沙汰を考えているのだ。

(おのれ、松平定信、意次の力を軽んじおったな)

意次は胸の憤怒を必死で抑え込んで総登城を終えた。


小梅村でも天明七年の正月を迎えた。

奈緒一家が加わったことでいつもの年明けより賑やかだった。

最上紅前田屋が店開きして半年が過ぎ、吉原の応援もあって白鶴紅の売れ行きはよく、一家四人が江戸で暮らしていける目処が立っていた。

そんな最上紅前田屋は大晦日の暮れ六つ(午後六時)まで商いをして、女主人の奈緒、奉公人の秋世と小女のたえは店仕舞いをした。最上紅前田屋は、品を紅に関わりがあるものに限ったことと、紅が高価なものであることを考えて、

「現金掛け売りなし」

の商いを謳ったために、掛け取りに回る要はなかった。小女のたえは、浅草田《た》原町《わらまち》の裏長屋に住む大工の次女だった。しばらくは通い奉公をしたいということ

で、店仕舞いしたあと、奈緒から餅代を頂戴して、

「よいお年をお迎えください」

と挨拶して長屋に戻っていった。

その刻限、最上紅前田屋を田丸輝信と早苗が訪ねてきて、奈緒一家と秋世を加えた五人とともに吾妻橋際の船着場に向かった。そこには猪牙舟ではなく、山谷堀の船宿から雇った屋根船が待ち受けていた。

「なんとも手回しのよいことですね」

と奈緒が驚き、早苗が、

「うちの猪牙舟に七人も乗るのはいささか窮屈です。それに師走の川風は冷たいからと、おこん様が屋根船で迎えに行くよう命じられました」

と答えた。

「姉上、私、屋根船に乗るのは初めてです」

と秋世が応じたものだ。

「秋世がよう奈緒様の手助けをしたと、おこん様が褒めておられましたよ」

「姉上、父上と母上はどうしておられます。今年は私に市造まで奉公に出て、寂しい年の瀬を過ごしておられましょう」

「それが、年の瀬も正月も坂崎家に呼ばれております」

「えっ、父上が私たちを待っておられるのですか」

「秋世、父上もお歳です、奈緒様の店を一度訪ねただけで、それ以後はおとなしくしておられます。正月くらい我慢しなさい」

早苗に諭された秋世が、ちらりと輝信を見た。

「それがし、田丸輝信と申す。以後お見知りおきを」

輝信がしかつめらしい挨拶をした。秋世が早苗を見やると、

「秋世、輝信さんは尚武館の武左衛門さんですよ」

と早苗が応じた。

「えっ、それがし、武左衛門さんにござるか」

輝信が愕然《がくぜん》とした。

「お嫌ですか」

「嫌ではござらぬが、それがし、尚武館の武左衛門さんか」

輝信はがっくりと肩を落とした。

「田丸輝信様、女子が父親を引き合いに出すときは、憎からず思っているということですよ」

と奈緒が輝信に話しかけ、

「それがしの気持ちはなんとも微妙に揺れ動いております」

と輝信が複雑な顔をした。


この夜、小梅村の母屋では賑やかに年越しそばを賞味し、除夜の鐘を聞くと頑張っていた子供たちだが、騒ぎ疲れて四つ（午後十時）過ぎに次々に床に就いた。浅草寺の鐘撞き堂で打ち鳴らされる除夜の鐘を、磐音、おこん、奈緒、竹村一家に小田平助、弥助、季助、輝信ら門弟衆らの大人だけでしみじみと聞いた。

「われらが江戸に戻って四年半。辰平どの、利次郎どのらが巣立ち、奈緒一家が江戸に来てくれた」

「おまえ様、お代の方様も鎌倉より戻られました」

「この刻限、実高様とお代の方様も除夜の鐘を聞いておられよう。あとは」

と言い出した磐音が途中で言葉を止めた。

「なんでございましょうか」

輝信が磐音の言葉の先を尋ねた。

「輝信さん、決まっておりましょう。田沼様方との決着がついておりませぬ。そのことを、磐音先生は申されようとなさったのではございませぬか」

神原辰之助が推量した。

「改めて言うべき話ではなかったな」

と笑みで応じた磐音が、

「来年の除夜の鐘はどのような想いで聞くのであろうかな」

と奈緒を見た。

「なんぞございますか」

「奈緒、店の商いが一段落した折りに、子らを連れて関前へ墓参に行ってこぬか」

と磐音が奈緒に話しかけた。

「あの騒ぎにけりをつけるには、そなたの墓参が欠かせぬように思えてな。要らぬお節介ではあるが」

「いえ、私も気持ちのけりをつけるために、いつかはと思うております。お紅は明日には六歳になりますが、一家四人で旅ができるには、もうしばらくかかるかもしれませぬ」

「実高様が中居様に命じられたように、関前藩の藩船で往来するほうが楽じゃぞ」

「船旅にございますか」

船旅は経験がないのか、奈緒が困惑の色を見せた。

「関前藩の所蔵船はしっかりとしておる上に、主船頭以下、水夫《かこ》らは海路をよう知ったなかなかの腕利きばかり。安心して乗っておれる」

「奈緒様、私たちも藩の船で江戸から関前へと向かいましたよ」

「船酔いはなさいませんでしたか」

「むろん海が荒れれば気分も悪くなります。ですが、今考えればそれも楽しい思い出にございます」

「私も船にはこれまで乗ったことがございます。内蔵助様が存命の折り、最上川を下り、京に運ぶ紅花と一緒に若狭まで船旅をいたしました。荒れる海にございましたが、気分など悪くなりませんでした。ただ内蔵助様のことが思い出されるかと思ったのです」

奈緒が初めて自ら内蔵助のことに触れた。

江戸の暮らしに慣れ、山形での日々を少しばかり過ぎ去ったものとして考えられるようになったのではないかと、磐音は思った。

「そなたが関前に帰る手立てじゃが、東海道を行くか海路にするか、その折りに考えればよいことじゃ」

磐音らは百八の煩悩《ぼんのう》の鐘をしみじみと聞いて天明六年の最後の刻を過ごし、竹村一家を送り出したあと、寝に就いた。

明け六つ、二刻半（五時間）ばかり熟睡した磐音は、おこんが枕元に揃えていた真新しい稽古着を身につけ、道場に出た。

すると住み込み門弟の田丸輝信、神原辰之助、速水右近らに、小田平助、弥助らがすでに道場の内外の掃除を終え、見所の床に敷かれた油紙の上には神棚に供える榊《さかき》が置かれていた。

新年の榊を替えるのは道場主坂崎磐音の年初めの務めであった。右近が釣瓶《つるべ》で汲んだばかりの若水を手桶《ておけ》で運んできたのを、磐音が竹柄杓で榊を活《い》けた器に注ぎ、神棚に捧げた。

すでに神棚には、橙《だいだい》、昆布、裏白《うらじろ》などが飾られた鏡餅が置かれていた。そこに一対の榊を供えたあと、磐音ら住み込み門弟衆、小田平助、弥助が揃って柏手《かしわで》を打ち、新珠の新年を賀した。

天明六年は、家治から家斉へと将軍が代わり、天明の改革を主導してきた田沼意次が表舞台から退場し、政治が大きく変化した。

だが、この先、だれが政《まつりごと》を導いていくのか、また田沼一派がそのまま幕閣に居残るのか、だれにも推測がつかなかった。

なにしろ将軍家斉は十五歳になったばかりだ。後見する者によって政治の方向が大きく左右されるであろうことは、だれの目にも明らかだった。

磐音は、稽古始めの相手に、住み込み門弟の年長者田丸輝信を指名した。

「輝信どの、天明七年はそなたの年になされよ」

磐音が新年早々の激励の言葉を輝信にかけた。

「心して精進いたします」

輝信の力の籠った言葉に、尚武館坂崎道場に初稽古の音と声が重なった。

一刻半（三時間）ばかり、短いが充実した稽古を終えた。

磐音は住み込み門弟衆全員と稽古をした。

辰平と利次郎に代わるべき人材として神原辰之助が力をつけ、他の門弟衆に気配りができるようになっていた。

田沼意次との戦いの決着は、すでについていると思われた。だが、手負いの老虎がどのような反撃をなすのか、だれに向かって最後の攻撃を考えているのか、今ひとつ分からなかった。

それ以上に磐音の気がかりは、直心影流尚武館坂崎道場が、佐々木道場として神保小路に戻ることができるかどうか、そのことであった。

城の内外に権勢を振るっていた田沼意次によって、幕府から下げ渡されていた神保小路の土地と道場を返納させられたばかりか、三年半にわたる流浪の旅を強いられた。

おこんと一緒の流浪の旅によって、剣術家坂崎磐音の信念は固まったといえた。新たな年を迎えて願うことは、神保小路への尚武館の復帰であった。だが、田沼意次によって取り上げられた神保小路の道場が、政体の変化によって戻されるかどうか、磐音にも予測はつかなかった。

松平定信が提案した家斉の剣術指南を受けていれば、その道は開けたと思われる。だが、田沼意次によって奪われた尚武館を、新たな政権の中心人物と目される松平定信によって戻されるのは、磐音には不本意であった。

元々佐々木家の先祖がなんらかの理由で幕臣を退いた折り、幕府は神保小路の拝領地と屋敷を佐々木家に下げ渡したのだ。

徳川家と佐々木家の間に密かなる約束事があったと考えられた。

そのことを、神保小路の敷地から掘り出された古甕の中にあった二口の刀が示していた。とくに短刀の越前康継《えちぜんやすつぐ》には、

「三河国佐々木国為代々用命　家康」

の銘が刻まれ、盟約を示していた。

この事実を知るのは、磐音の他に一人しかいなかった。長年古甕の中で眠っていた康継の手入れをなした、研ぎ師にして御家人の鵜飼百助だ。百助がこのことを口外するとは考えられなかった。

このことは、尚武館佐々木道場が神保小路に復活するには、将軍の命以外に受けられないことを磐音に喚起させていた。

それはいつのことか。磐音の代では叶うことなく、空也の代に持ち越されるのか。いつの日か空也に、佐々木家が秘めてきた、

「用命」

を伝えることになると、磐音は改めて心に誓った。

磐音一家、奈緒一家、早苗、それに小田平助、松浦弥助、季助の小梅村三助年

寄りに住み込み門弟衆が打ち揃い、白山の引き綱を空也が持って、小梅村と須崎《すさき》村《むら》の村境に鎮座する別当延命寺《えんめいじ》三囲稲荷《みめぐりいなり》に初詣でをなすことにした。

川向こうの江戸ではこの刻限も総登城が行われていた。さらに正月二日には外《と》様《ざま》大名と江戸の御用達町人、三日には諸大名の嫡子と江戸古町町人が、十五歳の将軍家斉に挨拶に出るのだ。

商人の初売りは二日からだ。

奈緒の最上紅前田屋も二日の四つから七つまで初売りをするという。元日は休みというので、三囲稲荷に皆と揃ってお参りした。

浅草寺からだろう、初詣での熱気が風に乗って小梅村にも伝わってきた。そして、境内で子供たちが揚げる凧《たこ》が、雪を戴《いただ》いた富士山を背景に青空を舞っていた。

「亀之助、亡き父御前田屋内蔵助どのの跡を継がれるか」

と磐音が尋ねたのは初詣でを済ませたあとのことだ。

「紅屋にはなりとうございません」

亀之助が困った顔で磐音に応えた。

「なんぞやりたきことがあるのかな」

「いえ、未だ」

と答えた亀之助のかたわらから鶴次郎が、

「母上のあとはこの鶴次郎が継ぎます」

「私も紅染めをやる」

と六歳になったお紅が次兄の言葉に加わった。

「そうか、家業を嫡男が継ぐとはかぎらぬでな。亀之助、ゆっくりと考えよ」

との磐音の言葉に、

「睦月はおよめさんになります」

と坂崎家の娘が言った。

睦月は、奈緒から贈られた紅染めの祝い着を着ていた。

「睦月はお嫁さんになるか。武左衛門どのではないが、娘が家から巣立つとなると、寂しいものであろうな」

「おまえ様、睦月は五歳になったばかりですよ」

「ふっふっふ、武左衛門どのの寂し病が移ったようじゃ」

「空也さんはお侍になるんだね」

鶴次郎が空也に問うと、

「坂崎空也は父上の跡を継ぎます。そのためにまず尚武館道場に入れてもらわねばなりません。あと数年すれば、体がおおきくなります。それまでの辛抱です」

とはっきりと言い切った。

田丸輝信が磐音の顔を見たが、口にはしなかった。

磐音は、門弟衆が空也を道場に入れて一緒に稽古をしてもよいのではないかと、考えていることを察していた。だが、八歳では体力も技も違いすぎる。もう数年、磐音が独り稽古をつけたのち、尚武館の道場に立たせる考えに変わりはなかった。

「磐音先生、子供衆をこれから道場に入れてもようございますか」

と言い出したのは弥助だ。

「いえね、凧造りを一緒にしようかと思いましてね」

川向こうの凧をちらりと見た弥助の言葉を聞いた亀之助も鶴次郎も歓声を上げた。だが、空也は黙したままだった。

「本日の稽古はもはや終わった。弥助どの方に習うて、皆で凧を造ってみよ」

「はい」

と空也が元気よく返事をした。

「母上、私の凧に紅花の絵を描いてください」

お紅が言い、奈緒が、はいはい、と返事をして、子供たちばかりか弥助や季助、門弟衆から白山まで道場へと走り戻っていった。

磐音、おこん、奈緒、小田平助が三囲稲荷の鳥居前に残された。

「磐音先生、おこん様、奈緒様よ、こん小田平助にも時代が変わっていきよると

ひしひしと感じられるもん。新しか年がよか年じゃとよかがな」

しみじみした西国訛りが磐音たちの胸に響いた。

天明七年正月元日のことだった。

あとがき

新年明けましておめでとうございます。

ここに四十八巻『白鶴ノ紅』を愛読者諸氏にお届けできたことを作者はほっと安堵するとともに、「百里をいくとき九十九里をもって半ばとせよ」の格言を思い出し、あと一里の難しさを乗り越えねばと気持ちを新たにしております。

シリーズ一巻目『陽炎ノ辻』は平成十四年の四月に刊行されました。以来、十三回目の春を迎え、物語の時代背景も明和九年（一七七二）四月から天明六年（一七八六）と執筆の進行とほぼ同じく十四年の歳月が過ぎ去っております。作者がそうであるように登場人物の磐音らも確実に歳を重ねました。

作者にとって充実した年月でした。ですが、始まりがあれば終わりがあるのが世の理《ことわり》、この一年、どう物語に決着をつけるか思い悩む日々が続きます。

この間のわが家の歴史を振り返れば、『陽炎ノ辻』執筆開始の折りは、二代目の柴犬のビダが家族の一員としておりました。公団住宅の借り住まいから渋谷の中古マンションを経て、相模灘の潮騒が響く熱海の家へと、住まいと暮らしが激変した歳月でもありました。

年間十四、五冊の時代小説を書きながら、岩波別荘を譲り受け、岩波書店の創業者岩波茂雄氏と現代数寄屋の名建築家吉田五十八《いそや》氏ががっぷり四つに組んで完成させた惜櫟荘《せきれきそう》の完全修復を為した歳月でもありました。

さらには時代小説に転じて十五年間に二百冊を出版するという、いささか滅茶苦茶な六十代から七十代でもありました。

「回っている独楽《こま》は倒れない」

と己に言い聞かせつつ、尻を叩いてきましたが、最近では無理が利かなくなったのも事実です。

三代目の柴犬みかんは、うちに来て直ぐにアトピーを発症し、病院通いが今も絶えない犬です。獣医に注射をされても泣き言一つもらすわけでもなく健気に運命を享受している賢い犬で、わが家族を結びつける絆の役目を立派に果たしております。

昨年、若年性白内障が見つかり、全身麻酔で左目の手術を行いました。入院して四日、左目の周りに殴られたような、剃毛された痕跡を残し、みかんは神妙な顔で無事戻ってきました。

ともかく三歳のみかんが存命する以上こちらも頑張って生き抜くしかない、その一念で今年も執筆活動に向き合って参ります。

なにかと不穏なご時世です。どちら様も心穏やかな一年でありますように衷心よりお祈り申し上げます。

平成二十七年正月吉日　熱海にて

佐伯泰英